소심한 남자가 되는 7가지 노하우

소심한
남자가
사랑받는다

소심한 남자가 사랑받는다
소심한 남자가 되는 7가지 노하우

초판인쇄 2017년 9월 07일
초판발행 2017년 9월 12일

지 은 이 정진우
발 행 인 오세형
디 자 인 선우

제작지원 TOPIK KOREA

발 행 처 (주)도서출판 참
등록일자 2014년 10월 12일
등록번호 제319-2015-52호
주   소 서울시 동작구 사당로 188
전   화 도서 내용 문의 (02)6294-5742
            도서 주문 문의 (02)6294-5743
팩   스 (02)6294-5747
블 로 그 blog.naver.com/cham_books
이 메 일 cham_books@naver.com

ISBN 979-11-88572-01-4 03810

소심한 남자가 되는 7가지 노하우

소심한
남자가
사랑받는다

정진우 지음

도서출판 참

비슷한말		반대말
조심스럽다		대담하다
세심하다	소심하다	호쾌하다
쩨쩨하다		호방하다
좀스럽다		

출처: 네이버사전

⋮

소심한 남자가 사랑받는다

소심하다 (小心――) [형용사]
: 대담하지 못하고 지나치게 조심성이 많다.

그림을 봐도 알겠지만 소심의 원뜻에는 긍정적인 부분이 없다. 반대되는 말이 조금 나은 정도라고 생각할 수 있겠다.

나는 소심하다. 작은 것에 고민하고 두려워하고 남들의 눈치를 많이 본다. 이런 소심한 남편을 둔 내 아내는 행복하단다. 그럴 리가? 안쓰러운 사람 살려주기 위한 말이겠거니 생각했다. 모두 나를 놀릴 만한 상황인데 신기했다. 한편으로는 행복하고 감사했다.

이유를 생각해봤다. 소심은 부정적인 단어의 상위를 차지할 텐데 왜 아내는 행복하다고 할까? 몇 가지를 생각해보니 조금 이해가 된다.

내가 소심하다보니 아내와 소소한 이야기까지 함께 한다. 웬만한 비밀은 거의 모두 공유한다. 고민거리들을 나누거나 미래 계획을 세울 때도 아내에게 도움을 요청한다. 자녀 양육과 새로운 사업을 시작할 때 아내와 항상 머리를 맞댄다. 그런 일련의 일들이 모이고 모이다보니 아내는 가장 훌륭한 상담자가 되었고, 평생 동업자가 되었다.

하면 할수록 느는 것은 운동이나 공부뿐만이 아닌 것 같다. 대화도 나눌수록 풍성해지고 깊어질 수 있다는 것을 배웠다. 친한 친구와 만났을 때 더 할 이야기가 많다. 오랜 만에 만난 사람과 나눌 이야기가 많을 것 같지만 그렇지 않다. 친밀도에 따라 달라질 수 있다는 것은 논외로 하자.

아내와 대화가 많아지니 가정에서 보내는 시간이 늘었다. 자연스럽게 아이들과 대화하는 시간도 늘었다. 식탁에서 나누는 이야기들이 늘어 유머가 탄생하고 함께 하는 시간이 늘다보니 고민을 나누거나 인생을 계획하는 것까지 아이들과 함께 한다. 아이들도 나름대로 고민을 이야기한다. 나도 아이들에게 조언해주고 싶어하는 것을 보면서 '내가 소심한 것이 오히려 가정에서 득이 되는 것이 많구나'라고 배운다.

카페를 운영하고 있는 요즘도 많이 보게 된다. 아내와 함께 와서 이야기를 많이 하는 분들은 남들이 볼 때 소심하다고 오해할 수 있을 것 같다. 하지만 그런 소심한 마음의 연결이 부부를 더 건강한 관계로 만들어주고 행복한 삶을 보장해주는 것을 보았다. 그 분들은 우선순위를 제대로 지키고 있는 것이다.

작은 마음을 뜻하는 소심함이 나의 성향이지만 그것으로 모든 장점을 덮어버리고 싶지는 않다. 소심에서 앞에 '소'를 뜻하는 한자가 얼마나 있는지 찾아봤다.

검색 사이트에서 '소'에 대한 음과 한자 수를 전체 검색해보니 292개 검색 결과가 나왔다. 그렇게 많을 줄 몰랐다. 그 많은 한자들을 보면서 작은 마음을 뜻하는 소심이 아니라 다른 단어로 좋은 사람이 될 수 있는 길을 제시할 수 있을지 고민했다.

좋은 가정을 이루는 첫 번째는 열쇠를 쥔 남편이 바로 서는 것이다. 그 가정은 사랑이 자라는 소중한 가정이 될 것임을 의심하지 않는다. 아이들은 부부의 행복한 모습 덕분에 저절로 잘 자랄 것이다. 행복한 가정에서 자란 아이들의 인성이 좋은 것은 당연하다. 인성을 키우겠다고 방학 때 서당에 보내고 인성학원을 찾아보낼 일이 아니다. 가정에서 자연스럽게 보며 배우는 것을 이길 수는 없다.

인문학이 대세라고 하니 주입식으로 인문학을 배우는 학원이 생겼다는 우울한 소식을 듣고 매우 안타까웠다. 인성을 키우는 것이 우리 사회를 더 아름답게 만든다는 현 시대를 보면서 또 인성을 배우는 학원이 생길지 염려된다. 인성이 바로 잡힌 소심남이 필요한 시대가 되었다.

남자가 바로 서야 한다. 가정이 그렇고 사회가 그렇고 국가가 그렇다. 더 나은 세상을 만드는 열쇠를 쥔 사람들이 되어야 한다. 여자들은 잘하고 있다.

소심한 남자의 이야기를 통해 새로운 길을 제시하고 더 나은 모습으로 성장할 수 있으면 좋겠다. 소심남은 소통하는 사람이고 공경하는 사람이며 몸과 마음이 젊은 사람이다. 무슨 일이든지 힘쓰고 노력하는 사람이며 웃음이 넘치는 사람, 아끼고 절약하는 사람이다.

이 책을 통해 성장하는 소심한 남자들로 인해 세상을 천국으로 만들길 소망한다. 더 나은 소심남을 기대해본다.

목차

⋮

소심한 남자를 향한 사회적 편견

나는 소심한 남자다. 혈액형을 물을 때 소문자 'o' 형이라고 말한다. 소심하다고 인정하고 살아간다. 최근 인터넷에서 소심남의 특징을 보고 많이 웃었다. 내 이야기 같아 매우 공감한 이야기다. 소심남을 대하는 방법을 알려주겠다며 적어놓은 글이다.

"소심남들은 시간 약속을 잘 지켜요. 시간 약속을 어기는 사람을 가장 싫어하며 조금만 늦어도 화가 난답니다. 소심남과는 시간 약속을 잘 지켜야합니다. 꼭 기억하세요. 그렇다고 너무 일찍 가 있으면 소심남이 부담스러워합니다. 조심하세요."

다른 이야기로 소심남의 치킨 주문법도 있다.

"안녕하십니까. 저는 OOO입니다.

불철주야 바쁘신 와중에 전화드려 실례인줄은 알고 있습니다.

다름이 아니오라 제가 귀사 치킨집에서 취급하는

메뉴 OOOOO를 시키고자 합니다.

가능하신지요.

결제 방식은 현금, 카드 둘 다 가능합니다.

편한 대로 말씀해주세요.

오실 수 있도록 주소를 알려드리겠습니다.

구 주소는 서울 OO구 OO동 OO이며

신 주소는 서울 OO구 OO로 OO입니다.

제 주문을 받아주셔서 감사합니다.

그럼 이만 끊겠습니다."

이 내용을 메모장에 적어놓고 읽으며 전화해야만 제대로 된 소심남이라는 유머. 대화에 부담을 가진 소심남을 위한 예화였지만 정말 그럴 것만 같은 모습이 상상되는 것은 나만의 일은 아닐 것이다.

소심남에 대한 사회적인 편견은 유머에도 녹아 들어 있다. 이래도 소심, 저래도 소심이라는 것이다. 약속 시간에 늦어도 짜증, 일찍 와도 부담스럽다는 그 말에 소심남은 두 번 상처 받는다. 모두 웃으며 넘길 일이지만 이 땅의 수많은 소심남에게는 두고두고 상처로 남을 수 있다. 조심해야 한다.

소심한 사람들을 생각할 때 일반적인 이미지는 '소심하다, 쪼잔하다, 의지적이다, 소극적이다, 재미없다, 속 좁다' 등 부정적 요소가 대부분이다. 우리나라에서는 외향적이어야만 성공할 수 있고 그런 사람들만 삶의 주인공이 될 것 같다고 생각하기 때문에 일부러 외향적인 척 노력하지만 제대로 되지는 않는다. 뱁새가 황새 따라하다 가랑이 찢어지는 격이다. 어울리지 않는 옷 입는 모습이다. 아빠 양복을 얻어 입은 느낌이랄까?

편견을 이겨내기는 매우 힘들다. 고난과 역경을 이겨내는 수많은 감동 드라마를 보고 용기를 얻지만 그것이 내 모습이라고 생각하면 절래절래 고개를 흔든다. 그 사람이니까 그렇게 이겨냈다. 나는 그런 상황이라면 못했을 것이다라는 막연한 두려움이 소심남의 마음을 붙잡고 있다.

소심남에 대한 사회적 시각은 별로 긍정적이지 않다. 사회적 편견에 입각해 소심남을 정의하는 특징에 대해 7가지로 정리했다.

1. 너무 생각이 많다.
생각 없이 사는 사람들이 많은 세상에서 생각을 하며 살아야 하는 것은 당연하다. 하지만 심각할 정도로 생각이 많은 것은 고민해 볼 부분이다. 일어나지 않을 일까지 걱정하고 생각하는 것은 도가 지나친 행동이다.

2. 매사 눈치를 본다.

눈 뜰 때부터 눈 감을 때까지 한시도 가만히 있지 않는다. 몸은 가만히 있지만 머릿속은 엄청난 작동을 하고 있다. 다른 사람들의 눈치를 보느라 정작 자신의 일이 지장받을 정도다. 뇌는 몸이 사용하는 산소의 20%를 쓴다. 이런 사람들은 뇌가 쓰는 산소 사용량의 90%를 남의 눈치보는 데 쓸 것 같다.

3. 타인의 말이나 행동에 대한 의미 부여가 크다.

'왜 하지 말라고 하지?', '이 상황에 왜 그런 말을 했을까?', '나를 싫어하나?', '농담일까? 진심일까?' 많은 일을 확대 해석하는 경우가 많다. 다른 사람들의 생각 없는 작은 눈빛과 행동도 가슴에 비수가 될 때가 많다.

4. 눈물이 많다.

별 것 아닌 일에 눈물을 훔칠 때가 많다. 남자라는 마지막 자존심 때문인지 엉엉 울지는 못하지만 눈물을 주체하지 못한다. 시도 때도 없다. 중년이라 눈물이 많아진 것인지 소심해 많은 것인지 나 사신도 옛

갈린다.

5. 거절을 못한다.

"싫어요."를 못한다. 자신의 대답에 다른 사람이 받을 상처를 미리 걱정해 거절하는 것을 극도로 싫어한다. '내가 거절하면 그는 얼마나 마음이 아플까?' 이래서 거절을 못한다.

6. 소심한 사람들끼리 있으면 마음이 편하다.

서로 해주는 걱정에 밤샐 줄 모른다. 온 세상의 모든 걱정을 하고 있다. 세계평화를 위해 이런 사람들이 필요할 수도 있다. 특정 사건에 대해 같은 시각을 가진다는 안도감이 작동하는 위로가 있다. 우리만 아는 그 느낌 말이다.

7. 부탁하는 것은 더 어렵다.

타인에게 부담을 주는 것을 견딜 수 없는 사람들이다. 자신으로 인해 남이 피해를 받는다는 것 때문에 잠을 이룰 수 없다. 남의 금쪽같은 시간을 빼앗았다는 죄책감으로 괴로워한다.

이렇듯 우리 사회 밑바탕에 깔려 있는 소심남에 대한 편견과 부정적 요소가 상당히 많다. 그들에게 사회적 용기와 격려가 필요하다. 편견을 바꿀 창의적인 노력의 결과물을 찾아봐야 한다.

사회적 편견이 오히려 대세가 된 사례는 많다. 혼밥, 혼술이 트렌드가 되고 아무렇지 않은 시대 흐름이 된 것을 볼 때 오히려 소심남에게는 위로가 되지 않을까? 만나는 사람에 대한 부담 때문에 먹는 것도 마음대로 선택하기 번거로웠던 이들에게 조금 위안이 될 수 있겠다는 생각이 든다. 한편으로 그 용기도 선택해야 하는 일이 걱정되긴 한다.

소심한 사람에 대한 부정적 시각이 아직 존재한다. 사회적 편견에 더해 남들이 이상하게 생각하는 것을 계속 따라하거나 굳어진 채 받아들이기 싫다. 사고 전환이 필요한 것은 4차 산업혁명뿐만 아니다. 우리 삶에 녹아 있는 편견들을 멀리하거나 바꾸는 방법도 창의적 노력의 결과물이 될 수 있다.

소심남이라는 단어를 찾아보니 역시 좋은 생각을 갖는 데 방해가 될 뿐이었다. 소심남에 대한 긍정적 메시지를 찾기 매우 힘들다. 개그 프로그램에서 사용하는 정의는 반어적 용도로 사용하는 것일 뿐 진정한 배려 차원이 아니라는 것은 초등학생도 알고 있다. 이러나 저러나 소심남은 외롭다.

⋮

육식남, 초식남, 소심남

방송에서 접한 남성의 여러 이미지가 있다. 그 이미지는 시대를 거치며 여러 번 바뀌었다. 한때는 남성미의 절대적 기준이었던 마초들이 득세하던 시절이 있었다. 영화배우 최민수를 생각하면 떠오를 수 있는 호랑이 상 남성들이다. 다르게 표현해 육식남이다. 두건을 쓰고 가죽 자켓과 가죽바지를 입고 할리 데이비슨을 몰아야만 남성 이미지가 완성되는 남자들이다. 그런 남자들이 남자다움의 표상이던 시절이 있었다. 물론 지금도 그런 마초 성향을 한껏 드러내는 분들이 있다. 이들을 표현할 때 육식남이라고 부른다.

육식남
'남자다움'을 최고로 생각하는 열혈남아로 과거 '마초'로 불리던 남성

상의 발전된 형태.

국어사전에도 나와 있듯이 육식남은 남자다움의 과거 형태를 드러내는 단어가 되었다. 현 시대에도 육식남이 존재하지만, 예전처럼 큰 비중을 차지하지는 못한다. 그 많던 마초 성향의 남자들의 자리가 퇴보하고 현재는 초식남이나 소심남이 그 자리를 차지하는 현실이다. 과거의 남자다움은 남성성만 부각한 모습의 전형이었다. 한쪽을 부각하면서 전체적인 균형이 깨진 느낌이었다고 할까?

육식남을 생각하니 의리의 아이콘이자 대명사 김보성이 떠오른다. 아파도 아프다고 말하지 못해 힘들어하고 매운 음식을 먹지만 맵다고 말못하고 거부하는 모습이 생각난다. 남자다워야 한다는 마음 때문에 억지로 먹어야만 하는 허세 가득한 사람. 방송의 재미를 위해 부각된 면이 있지만, 육식남의 모습이 그런 모습일 수 있다.

육식남의 뒤를 이어 등장한 남성상은 초식남이다. 소녀같은 여리여리한 모습으로 깨끗하고 연약한 이미지의 남자들이다. 오히려 여자들이 남자들을 보호해줘야 할 것만 같은 그들에게 매력을 느낀다. 연약해보이는 모습 속에 담긴 부드러운 성격이 매력으로 작용한다. 부드러움이 강함을 이긴다는 속설처럼 딱딱하면 부러진다. 부드럽게 숙여지고 상황에 맞게 변화할 수 있는 성향의 남자들이 초식남이다.

초식남

남성다움과 대비되는 초식동물처럼 온화하고 부드러운 이미지의 여성스런 감각과 섬세한 성격을 지닌 남자를 일컫는다. 2006년 일본의 여성 칼럼니스트 후카사와 마키가 처음 사용하면서 알려진 용어다. 이들은 가부장적이거나 강한 카리스마의 기존 남성적 이미지를 지닌 '육식계남자(肉食系男子)'와는 상반된 이미지를 지녔고 이성에 대한 관심보다는 자신의 일이나 관심 분야, 취미활동 등에 몰두한다.

또한 직장을 찾거나 성공을 위해 매진하기보다 현실에 만족하는 경향이 있으며 연애·성(性)이나 결혼에 무관심한 반면, 옷과 화장품 등 패션에 여성 못지 않은 관심을 둔다. 설령 초식남들은 결혼하더라도 남자만 돈을 벌어야 한다고 생각하지 않으며 가사(家事)도 분담한다. 영국 일간지 <인디펜던트>는 2009년 6월 13일자 기사에서 초식남의 발생은 일본의 경제성장 및 쇠락에 기인한다는 분석을 내기도 했다.

[네이버 지식백과] 초식계 남자 (시사상식 사전, 박문각)

최근 트렌드는 초식남이다. 온순하고 착한 남자를 일컫는다. 전에 조각 미남이 온 방송을 지배한 것과 조금 다른 의미로 받아들여진다. 초식남들의 특징을 보고 매우 공감한다.

초식남의 특징

1. 격투기가 왜 재미있는지 모르겠다.

2. 회식에서 건배할 때 음료수도 OK.

3. 고백을 받으면 일단 누군가에게 상담한다.

4. 소녀 취향의 만화가 싫지 않다.

5. 여자친구들과 잘 어울리지만 연애로 발전하는 경우는 거의 없다.

6. 편의점 신제품에 항상 관심을 가진다.

7. 일할 때 간식(특히 과자)을 옆에 둔다.

8. 외출보다 집에 있는 것을 좋아한다.

9. 이성을 위해 돈을 쓰기보다 다양한 취미생활을 즐기며 산다.

육식남들이 봤을 때 도무지 이해할 수 없는 내용일 것이다. '이게 남자야?' 그런 마음이 들 수도 있겠지만 이제 그런 초식남들도 훌륭한 배우자상으로 대접받고 있다. 시대가 바뀌고 있다. 다르지만 서로에게 공감을 요구하는 시대가 온 것이다. 물씬 남성미를 풍기는 것이 제대로 된 남자라는 선입견도 이젠 옛것이 된 시대다. 각자의 매력이 다른 것뿐이다.

이런 초식남들의 특징이 정확히 들어맞다고 할 수는 없지만 여기서 크게 벗어나지는 않는다. 공감 능력을 바탕으로 더 사랑받는 초식남이 되어 간다. 선순환의 모습이다. 공감지수에서 높은 점수를 받을 수 있는 이들이다. 이제는 배우자를 고를 때 대화가 통하는 사람을 선택하는 경우가 늘었다. 그런 의미에서 여성들에게 더 매력적이라고 인정받는다.

다음 언급하고 싶은 남성상이 소심남이다.

소심남 (小心男) – [명사] 대담하지 못하고 조심성이 너무 많은 남자

소심남을 정의한 말이다. 이 책에서 하고 싶은 소심남의 개념과 다른 이야기지만 작은 마음을 뜻하는 단어의 원뜻은 바뀌지 않는다고 생각한다. 소심남을 부정적으로 정의하느냐 긍정으로 정의하느냐부터 정리하고 시작해야 할 것 같다.

작은 마음(소심)의 뜻을 국어사전에서는 조심성이 많은 남자를 일컫는 말로 표현했다. 대담하지 못하고 조심성이 많은 남자를 폄하하는 이야기일 수 있으나 시각을 달리해보는 것도 필요하다. 조심성만 있는 사람들은 움직일 수 없다. 움직이지 않고 고민만 하는 그런 조심성은 당연히 배제하고 거부해야겠지만 일을 진행하는 데 일정 수준의 조심성은 반드시 갖추어야 할 덕목이라고 생각한다.

작은 마음을 가진 사람들의 장점을 찾아보자.

1. 대화하기 전 어떻게 말할지 생각한다.

그로 인해 실수할 위험을 막아준다. 거침없는 사람들의 단점이 엎질러진 물을 주워담으려고 한다는 것이다. 아무리 애써봤자 안될 일이다. 실수할 여지를 미리 주지 않는 것이 최선의 방책이다. 그런 의미에서 상대방을 배려하며 할 말을 정리하는 것은 장점이 될 수도 있다.

2. 사려깊은 마음을 가졌다.

인간관계는 존중과 배려가 바탕이 되어야 한다. 알고 있지만 실천하지는 못하는 것이라고 생각한다. 많은 사람들이 상대방을 위해 존중해야 하고 배려해야 한다는 것을 알고 있지만 막상 삶으로 드러내 활용하지는 못한다.

3. 평화주의자다.

분쟁을 싫어한다. 그런 마음 때문에 쉽게 다가가지 못하는 면이 있지만 오히려 그것이 장점이다. 그들은 양보하는 마음이 크기 때문에 싸움이 일어나지 않는다. 손바닥도 마주쳐야 소리가 나는데 한쪽에서 아무리 길길이 날뛰어봤자 소용없다.

4. 차분한 편이다.

평화주의자와 맥락이 같을 수 있겠지만 대부분의 소심한 사람들은 차분하다. 웬만한 것에 동요하는 모습을 보이고 싶어 하지 않는다. 나음속에서는 폭풍이 불겠지만 겉으로는 티내는 것을 좋아하지 않는다.

5. 책임감이 있다.

남에게 피해주는 것을 극도로 싫어한다. 맡은 일을 완수하는 데 쾌감을 느끼기도 한다.

이런 소심남의 장점이 부정적인 선입견으로 인해 묻힌다는 것이 안타까울 뿐이다.

시대에 따라 다른 매력을 가진 사람들이 대세가 된다. 육식남, 초식남, 소심남의 장·단점을 잘 파악하고 서로 다른 매력에 어떤 끌림이 있는지 찾아보는 것도 좋은 공부가 될 것 같다.

새로운 패러다임의 소심남을 체계적으로 알아보고 더 나은 인생을 설계하는 소심남이 되는 길을 찾아보자.

⋮

인정하면 더 이상 콤플렉스가 아니다

세상을 살아갈 때 자신의 콤플렉스를 발견하고 위축될 때가 있다. 장점으로 승화시키는 평범하지 않은 사람들에게 그것은 '위장된 축복'이 될 수 있다. 하지만 대부분 콤플렉스를 대하는 모습은 자신의 약점을 숨기거나 외면하는 경우가 많다. 소심한 사람들에게 많이 발견되는 콤플렉스 대처 자세라고 생각한다. 안 생기면 좋겠지만 어쩔 수 없다면 숨기는 것이 편한 방법이다.

자신의 신체적 단점도 숨기고 싶어 옷으로 커버하거나 성형해 이겨내려고 하지만 그때뿐이다. 단기적 처방에 불과하다. 나중에 후유증이 나타날 수도 있다. 후회하는 많은 이들을 봤다. 콤플렉스는 어쩔 수 없다. 세상에 그렇게 태어났는데 굳이 숨긴다고 숨겨지지 않는다. 당당한 모습으로 이겨내는 것만이 최선의 방법이다.

인정하는 순간 그것은 더 이상 나를 옭아매는 콤플렉스가 아니다. 극복하기 위한 첫 걸음은 콤플렉스를 과감히 인정하고 받아들이는 것이다. 그것에 얽매이기보다 더 나은 내 장점을 찾아내 살리는 것이 해법이다.

개그우먼 이국주 씨의 인터뷰를 본 기억이 있다.

그가 가진 지금의 '무기'는 과거에 '아픔' 아니었던가. 사실 이국주 씨의 외모는 변하지 않았다. 오히려 "살이 더 쪘다"며 통쾌한 웃음을 지었으니 말이다. 바로 그의 일관된 뚝심이 사람들의 선입견을 깼고 자신의 인생을 바꾸는 기회로 만들었음을 짐작케 했다.

"전에 저도 악성 댓글을 보고 상처받고 여자로서 마음도 많이 아팠어요. 그런데 이상하게 자꾸 찾아 보게 되는 거예요. 그러다가 어느 날아무 댓글이 없는 것을 봤는데 그게 더 슬프더라고요. 그때 느꼈어요. 욕을 먹더라도 내 캐릭터를 살려야겠다고요. 그렇게라도 호감이든 비호감이든 관심을 받아야겠다고 생각했어요."
– bnt뉴스, 김예나 기자, 2014–07–31

연예인만 캐릭터가 재산이고 보험일까? 나는 이 인터뷰가 평범한 사람들에게도 해당되는 이야기라고 생각한다. 우리도 만남을 지속하는 사람들 사이에서 자신만의 캐릭터를 구축할 필요가 있다. 자신만을 드러낼 모습이 있어야 한다. 그것을 단점 숨기기에 급급해 발전할 수 있는 역량을 포기한다는 것은 너무 속상한 일이다. 콤플렉스는 극복 가능한 길이 있다. 찾지 않아 안 보일 뿐이라는 생각으로 버티고 이겨내야 한다. 끈기와 콤플렉스를 이겨내는 방법을 찾아보자.

"제가 긍정적이고 당당하다고요? 당당한 척하다 보니 당당해졌어요. 저도 사람이니까 상처를 받지만 괜찮다고 생각하고 적극적으로 했어요. '나를 사랑해야 한다'는 생각을 하게 됐어요. 나를 사랑하지 못하고 다른 사람을 사랑하니 저를 떠나더라고요. 나를 사랑하니 그들도 저를 좋아하기 시작했어요. 욕먹는다고 움츠리면 아무 것도 달라지지 않아요. 제 자신을 사랑하면서 살다보면 제 매력을 알아주는 사람이 생겨요."

– 마이데일리, 2016-10-18, 최지예 기자, olivia731@mydaily.co.kr

그녀도 처음에는 악플을 보며 많이 울고 절망했다. 그런 시간을 보내고 깨달은 것이 있다. 자신의 약한 모습을 이겨내고 뚱뚱한 캐릭터를 받아들이고 인정했다. 그 후부터 마음이 편해졌다. 먼저 자신을 사랑하니 상점도 보이고 극복할 콤플렉스도 별것 아닌 것이 되었다. 자신을 사랑해야 한다는 그녀의 말 속에 정답이 있다.

자신 안의 더 많은 장점을 보여주기 위해 부단히 노력했다는 그녀의 이야기를 들으며 매우 대단하다는 생각을 했다. 인간은 완벽할 수 없다. 누구나 약점을 가지고 있다. 이 세상에 콤플렉스가 없는 사람은 아무도 없다.

시각을 바꾸는 태도가 필요하다. 누구나 가진 콤플렉스, 그것을 극복하는 사람이 많지 않을 뿐이다. 소심한 사람들에게 극복하지 못할 장벽처럼 느껴질 수 있지만 그것을 뛰어넘기 위한 시도를 더 자주 했으면 좋겠다. 물론 한두 번 실패할 수 있다. 이겨낼 때까지 시도해야 한다. 자신의 삶에 대해 주인공임을 잊지 않고 스스로 결정하는 인생을 살아야 한다.

다음은 '인디언 기우제'라는 많이 알려진 이야기다.

호피인디언들이 기우제를 지내면 반드시 비가 내린다. 이유를 아는 분들이 있을 것 같다. 그들의 성공요인은 한가지다. 그들은 비가 내릴 때까지 기우제를 멈추지 않는다고 한다. 한 번 기우제를 시작하면 비가 내리는 날이 끝나는 날이다. 소망을 끈질기게 이뤄 내는 그들의 이야기를 통해 많은 위인들이 힘을 얻고 기적을 만들어냈다.

소심 콤플렉스를 극복하고 우리의 장점을 발견해 계발하면서 인생을 주도적으로 살아가길 바란다. 소심남들이 할 수 있는 한계를 스스로 정하지 않길 바란다. 소심함을 인정하고 내 안의 그 소심함을 장점으로 바꿀 방법을 찾아 발전하길 바란다.

나도 소심한 사람이다. 모든 부분에 그런 것은 아니고 대인관계가 조금 그렇다. 장사하다보니 많은 사람을 만나는 것이 부담스럽지는 않지만, 마음 속 깊은 이야기를 하는 데 있어서는 조금 망설일 때가 있다. 얼굴이 빨개지고 가슴이 쿵쾅거려 많은 사람들 앞에서 이야기하는 것은 아직도 두려운 일 중 하나다. 하지만 고치기 위해 노력하고 조금씩 이겨내려고 노력하고 있다.

장사하면서 사람들을 만날 때마다 연습했다. 한마디 더 던져보기...

날씨 이야기도 한 두번 하면 소재 고갈이어서 다른 이야기를 하나씩 하기 시작했다. 가정 이야기를 꺼내보고 외모가 바뀐 것을 말해보고 아이들 이야기 등 두루두루 꺼내다보니 점점 익숙해졌다. 소재가 많아지고 대처 방법이 자연스러워졌다.

콤플렉스를 이겨내는 방법에는 3가지 있다.

첫 번째, 나를 사랑하라.
두 번째, 콤플렉스를 인정하라.
세 번째, 작은 노력부터 해보자.

이렇게 실천해보며 콤플렉스를 이겨내는 인생을 살아가는 소심남들이 늘길 바란다. 인정하는 순간 그것에 묶여 있지 않다. 소심함을 인정하니 오히려 사람들의 인정을 받기 시작한 사람들이 많이 있다.

당연하다는 생각은 매너리즘(mannerism)에 빠지게 한다. 매너리즘은 특정 일이 반복적으로 되풀이되는 과정에서 방법이나 수단, 즉 매너(manner)가 고착화되어 무의식적, 습관적인 행동을 되풀이함으로써 독창성과 신선한 맛을 잃어버리는 것이다.

매너리즘에 빠지면 일 효율이 떨어진다. 똑같은 일을 같은 방식으로 하니 효율이 오를 수 없다. 매너리즘에 빠진 인간관계도 갈등으로 번질 수 있다. 지루하고 신선함이 없는 인간관계가 지속될 가능성은 높지 않다. 결국 매너리즘에서 벗어나기 위해서는 당연하고 익숙한 환경에서 벗어나려는 노력을 해야 한다. 익숙한 현실을 바꾸려는 노력 없이 개선은 없다.

— 관찰의 기술, 양은우, 다산북스

콤플렉스를 바꾸려는 노력을 해야 한다. 자꾸 익숙한 것에만 빠져 있는 매너리즘을 탈피해야 한다. 지금까지 살아온 익숙한 현실을 바꾸려는 노력이 필요한 시점이다.

내성적인 사람들의 잠재력을 키우도록 돕기 위해 출간한 『혼자가 편한 사람들』은 내향인에게도 4가지 유형의 카리스마가 있다고 말한다.

첫 번째, 권위 카리스마다. 독일 최초 여성 총리 앙겔라 메르켈이 내향인 중 권위 카리스마를 지닌 인물이다. 상대방에게 안정감을 주는 능력과 신중한 단어 선택 능력을 갖췄다. 조용하지만 큰 효과를 발휘하는 제스처를 활용하거나 말하는 중간마다 일부러 잠깐 쉬어 더 큰 효과를 노린다.

두 번째, 비전 카리스마다. 타인에게 영감을 주고 매우 열정적이어서 그 열정이 타인에게 전염되기도 한다. 이들이 제시한 비전 속에 이상적인 요소가 포함되어 있다면 많은 이들을 열광시킬 수 있다. 여기에 해당하는 인물은 자신이 품은 계획에 대해 온전한 확신을 가지고 있으며 다른 유형보다 옷이나 외모에 신경을 덜 쓴다. 페북 창시자 마크 주커버그, 빌 게이츠가 대표적이다.

세 번째, 친절 카리스마다. 상대방에게 편안함과 안정감을 심어준다. 상대방을 완전히 이해하고 있다는 느낌을 줄 수 있다. 영국 윌리엄 왕자와 케이트 미들턴의 친절 카리스마는 영국 왕세손의 역할과 성품에 딱 들어맞는 경우다. 왕가의 일원이라는 지위와 친절 카리스마가 어우러져 더 큰 매력을 발산한 예다.

네 번째, 포커스 카리스마다. 상대방에게 '당신은 특별합니다!'라는 메시지를 전달한다. 상대방에게 온전히 집중하고 있다는 인상을 심어 주고 상대방이 하고 싶은 말을 읽어내는 능력이 남다르다. 상대방의 말을 인내심 있게 끝까지 경청하고 정곡을 찌르는 질문들을 제시하는 것이 특징이다. 서비스 업종이나 기자, 의사, 컨설턴트에게 유리한 카리스마다. 조앤 K. 롤링, 토마스 만을 예로 들 수 있다.

위 4가지 유형은 리더의 자질이다. 내향인도 이미 리더의 자질을 갖추고 있다는 말이다. 내성적 성향을 장점으로 활용한다면 내성적이어서 고민한 사람들도 책이 제시한 '조용한 지도자'가 될지도 모를 일이다. 평소 내성적이라는 말을 들어 고민하는 이들에게 반가운 책이다.

– 화이트페이퍼, 박세리 기자, 2016-01-25, 마크 주커버그, 빌 게이츠도 소심남

• 소심남의 정의

⋮

새로운 패러다임으로

'새옹지마'라는 고사성어가 있다. 새옹지마[塞翁之馬] – 새옹의 말. 즉 변방 노인의 말처럼 복이 화가 되거나 화가 복이 될 수도 있음.

중국 국경 지방에 한 노인이 살고 있었다. 어느 날 노인이 기르던 말이 국경을 넘어 오랑캐 땅으로 도망쳤다. 이에 이웃주민들이 걱정하며 위로의 말을 전하자 노인은 "이 일이 복이 될지 누가 압니까?"라며 태연자약(泰然自若)했다.

그로부터 몇 달이 지난 어느 날 도망쳤던 말이 암말 한 필과 함께 돌아왔다. 주민들은 "노인께서 말씀하신 그대로입니다."라며 축하했다. 그러나 노인은 "이게 화가 될지 누가 압니까?"라며 기쁜 내색을 하지 않았다. 며칠 후 노인의 아들이 그 말을 타다가 낙마해 그만 다리가 부러지고 말았다.

이에 마을사람들이 다시 위로하자 노인은 역시 "이게 복이 될지도 모르는 일이오."라며 표정을 바꾸지 않았다. 그로부터 얼마 지나지 않아 북방 오랑캐가 침략해왔다. 나라에서는 징집령을 내려 젊은이들이 모두 전장에 나가야 했다. 그러나 노인의 아들은 다리가 부러져 전장에 나가지 않아도 되었다.

이로부터 새옹지마라는 고사성어가 생겼다. '인간만사 새옹지마(人間萬事 塞翁之馬)'라는 말도 자주 쓴다. '인간 세상에서 일어나는 모든 일이 새옹지마이니 눈앞에 벌어지는 결과만으로 너무 연연해하지 말라.'라는 뜻이다.

[네이버 지식백과] 새옹지마 [塞翁之馬]

시각 변화가 필요하다. 지금 좋은 일이 앞으로도 계속 좋을 것인가? 항상 질문하는 자세를 견지해야 한다. 지금 좋다고 앞으로 계속 좋을 수는 없다. 지금 신제품이 나왔으면 그것으로 끝인가? 앞으로 계속 발전하고 더 좋은 사양을 갖춘 모델이 쏟아져 나올 것이다. 당장의 모습으로 결정할 필요가 없다. 우리의 인식은 항상 바뀐다.

소심함이 부정적이고 나쁜 것이 아니라 하나의 성향임을 알길 바래요. 자신의 모습을 있는 그대로 받아들이면 오히려 큰 장점이 될 수 있다고 믿어요. 소심한 성격 하면 내성적이거나 조용한, 약한 이미지를 맨 먼저 떠올리는데요, 그런 부정적인 시선을 조금이나마 깨고 싶었어요. 소심이라는 단어가 세심, 배려, 겸손이라는 긍정적인 의미로 해석될 수 있다고 생각해요.

– 소심인(소심한 사람이 성공한다), 인터파크 도서 김진수 작가 인터뷰

지금까지 우리가 가졌던 소심에 대한 패러다임을 바꾸어야 한다. 소심이 단지 쩨쩨하고 좀스럽고 속 좁은 사람이 아니라는 것을 알려주고 새로운 시각을 가지고 성장할 수 있는 길을 제시하고 싶다.

사람들은 누구나 낯선 사람을 대할 때 약간의 두려움을 갖기 마련이다. 낯설어한다는 것은 소심한 사람들만의 전유물이 아니다. 그것을 너무 한쪽으로만 치우쳐 생각할 필요 없다. 소심한 성격에서 벗어날 몇 가지 방법이 있다.

1. 다른 사람들도 나와 똑같다는 사실을 인정한다.

– 아무리 지위가 높고 힘 있는 사람일지라도 사람들과의 만남에 대한 부담감은 누구나 있기 마련이다. 표현하지 않고 이겨내려 노력하다 보니 자연스러워진 것뿐이다. 익숙하면 나아지는 것은 당연지사. 자신

의 나약함을 스스로 인정하면서 다른 사람에게 눈을 돌리는 여유를 가져보자. 익숙한 시간이 오래 걸리는 것일 뿐 극복하지 못할 일은 없다. 걸음마가 빠른 아이들도 있고 느린 아이들도 있다. 길게 보면 거기서 거기다. 적응 시간이 차이가 약간 차이날 뿐이다.

2. 자신의 능력을 파악하고 관심 분야를 찾아보자.

– 나 자신을 아는 것이 중요하다. 가끔이라도 자신이 잘 할 수 있고 즐길 수 있는 일을 하면서 사람들을 만나는 기회를 가져보자. 예를 들어 수영에 자신이 있다면 수영장에 등록하고 수영을 함께 즐겨보라. 그곳 사람들도 모두 처음이다. 나만 그렇지 않다. 하나씩 능력을 찾아가는 것이고 발전시켜나가는 것이다. 그런 낯선 상황에서 내가 어떻게 행동하는지 주의깊게 살펴보면 다른 어느 때보다 자신감에 넘친 자신을 발견할 수 있을 것이다. 잘하는 것과 관심있는 것을 하는 방법이 하나도 모르는 분야를 접하는 것보다 편할 수 있다.

3. 용기내 조금씩 나서볼까?

– 자신의 벽을 무너뜨리는 연습을 해보자. 내 한계를 스스로 긋는 것은 바람직한 모습은 아니다. 소심한 사람은 내가 나서 애기하다가 괜히 분위기 깨는 것은 아닐까 자주 생각한다. 그래서 침묵을 지키다보니 그 자리가 더 불편하고 재미없게 느껴지는 것이다. 일상도 함께 나눔으로써 서로 친구가 될 수 있다. 이 모임 안에서만 친구를 사귀어야

한다고 생각하는 것도 도움이 될 수 있겠다.

4. 오히려 눈에 잘 띄는 자리에 앉아보자.

  – 소심한 사람들은 구석자리에 조용히 앉아 있다. 내 존재를 가리고 싶어하는 방법이다. 구석진 자리를 박차고 다른 사람들이 당신에게 관심을 보일 수 있는 중앙자리에 앉자. 그 자리가 불편할 수 있지만 다른 사람들의 시선을 자주 받다보면 그것도 익숙해진다. 말하는 것까지 부담되면 웃음소리라도 키워보자. 어느새 다른 사람들과 함께 당당히 웃고 있는 자신을 발견하게 될 것이다.

  시대가 변했다. 변화의 시대에 언어 사용도 변해야 한다. 더불어 인식 전환도 이루어져야 한다고 생각한다. 소심에 대한 편견과 부정적 인식을 버리고 소심한 사람들이 성장하고 시대를 이끌어갈 수 있는 리더십을 키워가길 바란다.

  패러다임을 바꾸는 작업에 소심남을 이야기하고 싶다. 남들에게 주도적인 삶을 내주는 그런 소심남 말고 자신의 인생을 적극적으로 설계하는 새로운 소심남을 정의하고 싶다. 새로운 길을 가는데 우리가 해야 할 일들을 정리하고 다른 방향을 볼 수 있는 안목도 갖추어 성장하길 바란다.

소심의 정의를 알아보기 위해 '소'에 해당하는 한자들을 찾아봤다. '소'가 음인 한자는 사전에서 297건 조회된다. 이처럼 수많은 의미를 가진 '소'를 왜 우리는 작은 것에만 초점을 맞추며 살아가고 있는가? 질문해볼수록 다른 길을 찾고 싶은 마음이 간절해졌다.

작은 마음이 모두 나쁜 것이 아닐 텐데 '왜 우리는 소심에 대한 편견에 사로잡혀 부정적 시각으로 바라봤는가?'라고 질문해봤다.

작은 마음을 뜻하는 소심을 해석하는 것이 중요하다. 해석에 따라 인생 자체가 바뀔 수 있느냐 없느냐로 갈리게 된다. 해석에 더 깊이 있는 시간을 보내야 한다. 인생은 해석한 대로 살게 된다. 해석을 잘하는 사람이 성공하고 성숙하며 많은 이들에게 좋은 영향력을 미치며 살아간다. 누구나 그런 삶을 원하지만 그렇게 살고 있지 못하는 많은 사람들에게 용기를 주고 더불어 서로 발전할 길을 제시하고 싶다.

그렇다면 소심남들은 장점이 없을까? 그들에게도 장점이 있을 수 있고 방향을 잘 설정하고 제대로 개선한다면 멋진 남자가 될 수 있지 않을까? 리더십은 정의하는 사람의 수만큼 존재한다. 그렇다면 소심에 대한 정의도 다양할 수 있다.

소심의 정의를 다른 각도에서 바라보며 한 챕터씩 정리해봤다. 작은 마음을 뜻하는 소심과 웃을 수 있는 너그러운 마음의 소심, 소통할 수 있는 소심, 젊은 마음을 뜻하는 소심, 치장하고 공경하는 소심, 노력하고 힘쓰는 마음의 소심, 근검절약의 소심까지 다양한 시각으로 정리해 봤다.

소심의 새로운 패러다임을 만들어가는 길을 함께 해보자.

Chapter
01

소심小心 작은 마음 小

小

1. 작다 2. 적다 3. 협소하다(狹小--), 좁다 4. 적다고 여기다, 가볍게 여기다 5. 삼가다(몸가짐이나 언행을 조심하다), 주의하다(注意--) 6. 어리다, 젊다 7. (시간상으로)짧다 8. (지위가)낮다 9. 소인(小人) 10. 첩(妾) 11. 작은 달, 음력(陰曆)에서 그 달이 날수가 30일이 못 되는 달 12. 겸양(謙讓)의 뜻을 나타내는 접두어 13. 조금, 적게 14. 작은, 조그마한

단어 뜻풀이

크기에 따라 '대' '중' '소'로 나눔 경우(境遇)의 새얼(第一) 작은 것

회의문자

한 가운데의 갈고리궐(亅≒ 갈고리)部와 나눔을 나타내는 八(팔)을 합(合)하여 물건(物件)을 작게 나누다의 뜻을 가짐. 小(소)는 작다와 적다의 두 가지 뜻을 나타냈으나, 나중에 小(소≒작다)와 少(소≒적다)를 구별(區別)하여 씀.

⋮

소심(小心)한 남자

'소심'의 원 의미는 형용사로 '대담하지 못하고 조심성이 지나치게 많다'라는 뜻으로 사용된다. 예문으로는 '소심한 성격', '소심하게 굴다', '저 사람은 덩치는 큰데 의외로 소심해.'라는 식으로 사용하는 단어다. 어떤 문장을 접하든 부정적 의미가 대다수임을 알 수 있다. 소심한 사람들을 위축시키는 말들이다.

소심이라는 단어를 생각하면 좋은 표현보다 부정적 뉘앙스가 많다. 남자와 안 어울린다는 뜻이 상위의 말로 사용되기도 하다.

'소심'은 말 그대로 '작은 마음'이다. 좁은 마음으로 해석되기도 한다. 그것에 넓은 개념을 입력할 수 없다. 지금까지 작은 마음의 사람들이

많은 비난을 받았다. 다른 표현으로는 민감하다는 말로 사용되기도 한다. 까탈스럽다. 쪼잔하다. 조심스럽다. 쩨쩨하다. 세심하다. 좀스럽다 등의 단어로 확장되어 활용되기도 한다.

소심이라는 뜻의 초점을 작은 데 맞추다 보니 점점 부정적 의미로 사용된 것이다. 소심한 사람들이 모두 작은 마음으로 세상과 다른 인생을 살고 있다고 일반화시킬 수는 없다. 세심하고 민감해 다른 이들과 다른 성향을 가진 것이지 그것이 잘못되거나 이상한 것은 아니다. 자신의 기준으로 바라볼 때 소심한 남자를 오판하는 경우가 많다.

민감하다는 표현이 있다. 소심한 사람들에게 어울리는 말이다. 일자 샌드가 쓴『센서티브』라는 책은 민감한 사람들을 위한 섬세한 심리학을 표방하고 있다. 민감한 것에 대한 부정적인 시각을 대변할 수 있도록 자신의 경험에 비추어 깊이 있게 설명하고 많은 상담 사례를 들어 이야기한, 이해하기 쉽게 쓴 책이다.

민감하다는 것을 동물 비유로 설명한 내용이 있어 정리해본다.

낯선 상황에서 사람들은 2가지 방법으로 대처한다. 하나는 즉시 상황을 파악하고 여러 시도를 하는 것이고 또 하나는 행동을 취하기 전 기다리고 관찰하고 주의 깊게 생각하는 것이다. 각 상황에 맞게 2가지 방법을 사용하는 것이 필요하다.

동물들과 어떤 종류의 사람들은 첫 번째 전략을 사용한다. 그들은 반응이 빠르고 충동적이고 대담하고 모험을 좋아한다. 다른 유형의 사람들은 두 번째 전략을 선택한다. 그들은 경계심이 강하고 주의 깊고 오랫동안 관찰한 후 행동한다. 민감한 사람들이 해당하는 것은 아무래도 두 번째 유형이 많다.

한 무리의 토끼가 풀이 적고 포식동물도 거의 없는 새로운 목초지에 도달했다고 가정해보자. 이때는 첫 번째 전략을 사용하는 토끼들의 생존 가능성이 더 높다. 이 토끼들은 주의 깊은 토끼늘

이 들어가기 전 재빨리 풀밭에 도착해 풀을 모두 먹어치운다.

그러나 반대 상황이라면? 풀이 많고 포식동물도 많은 목초지라면 두 번째 전략이 적절하다. 풀밭에 먼저 도착한 민첩하고 용감한 토끼들은 충동적으로 활동하다가 포식동물에게 잡아먹히고 만다. 반면, 주의 깊은 토끼들처럼 주의 깊은 사람들도 미리 위험을 눈치챈다. 첫 번째 상황과 달라졌다는 것을 인식해야 한다. 바뀐 상황을 인지하고 다른 전략을 구사해야 살아남을 수 있다.

상황에 따라 결정되는 방법이 달라야 한다. 자신의 성향이 무조건 옳다고 할 수 없다. 상황과 장소에 따라 다른 전략이 필요하다.

소심한 사람들이 있다. 나도 소심한 사람이다. 많은 놀림을 받았지만 굴하지 않았다. 마음의 생채기가 조금 남아있긴 하지만 이겨내려고 한다. 작은 마음을 가졌다고 세상을 살아가기 불가능한 일은 아니다. 조금 불편할 뿐이다. 그 불편한 것이 세상을 살아가는 데 장애인 것은 아니다. 조금 더 시간이 걸릴 뿐이고 다른 사람보다 느릴 뿐이다. 그들도 세상을 놀라게 할 일을 만들 수 있다.

소심의 방향을 조금 다르게 맞춰보고 싶다. 우리가 생각하는 범위의 틀을 깨고 다른 시각으로 바라보면 좋겠다. 소심한 마음을 작은 것에 머무르면 안 된다. 타인을 향한 배려심이 크다보니 자신을 향한 마음이 작아진 것 뿐이다. 맥락을 정확히 이해하자.

소심하면 안 되나?
소심하면 살아가는 데 지장 있는가?
소심하면 남자가 아닌가?
소심하면 지탄받을 대상인가?

나는 그것에 당당히 아니라고 말하고 싶다.

지금부터 다른 소심을 알아보고 더 좋은 방향의 소심이 있음을 배우길 바란다. 다른 의미로 사용되는 소심을 배우고 그 소심을 내 것으로 만들었을 때 우리는 세상에 더 좋은 영향을 미치는 사람이 될 것이다.

나도 소심한 남자다. 샘내고 자주 삐지고 오래도록 기억한다. 주고받는 것을 계산하고 내가 해준 것보다 작게 받으면 상처받는다. 더 이상 이야기 꺼내면 내 본모습을 모두 보여주는 것 같아 여기까지만 하겠다. 이 책을 쓰는 자격이 충분한 사람이다.

소심한 소유자들에게 용기를 불어넣어 주기 위해 책을 쓴다. 소심하면 어떤가? 그런 소심함을 가지고 더 좋은 일에 사용할 방법을 찾으면 될 것 아닌가? 우리가 생각하는 부정적인 소심함의 한계를 뛰어넘어 더 폭넓고 깊이 있는 소심함을 찾아 우리가 해야 할 일을 찾아보는 것도 의미 있는 일이라고 생각한다.

좋은 목표를 추구하고 아름다운 세상을 만드는 데 일조하는 소심함이라면 누구나 어디서나 환영받아 마땅하다. 우리는 그런 이야기에 귀 기울이고 소심함의 정의를 다시 한 번 내리도록 마음을 열길 바란다.

이번 장에서 소심남은 작은 마음의 소심남이 더 좋은 성장의 시작이 될 수 있다는 생각을 정리해보고자 한다. 많은 사람들의 편견을 바꿔보고 소심남의 새로운 정의를 통해 작은 마음이 오히려 배려의 마음이 될 수 있고 감사의 마음이 될 수 있음을 말하고 싶다. 소심남의 다른 시각을 살펴보자.

⋮

잡스도 소심했다

미국 캘리포니아주 쿠퍼티노에 지어진 우주선 모양의 애플 신사옥은 면적이 280만 평방피트(약 26만㎡)에 달한다. 축구장 35개 규모라고 한다.

애플파크 중심에 있는 스티브 잡스 극장은 애플의 인기 제품 맥북에어처럼 보이도록 매끄러운 곡면과 유리 외관으로 특징적으로 설계되었다. 애플의 조나단 아이브 디자인최고책임자(CDO)는 애플파크를 짓는 데 50억 달러(약 5조 6,200억 원)가 들었다고 밝혔다.

캘리포니아주립대학의 루이즈 모징고 도시디자인 전문교수는 "파라오가 피라미드를 건축한 이후 개인이 계획한 것 중 가장 비싸고 호화롭다."라고 애플파크를 평가했다. 설계는 세계적 건축가 노만 포스터가 맡았다.

[출처] 이투데이, 이지민 기자 aaaa3469@etoday.co.kr

도넛 모양으로 뚫려 있는 애플파크 가운데에는 9,000그루의 나무가 심어져 있다. 직원들의 휴식공간이다. 애플파크 내 모든 시설은 친환경 재생에너지로 가동된다. 자연환기능력도 뛰어나 1년 중 9개월은 냉·난방시설이 필요없다. 아직 완공되진 않았지만 직원들을 위한 9,000㎡ 면적의 피트니스센터도 들어설 예정이다.

[출처: 중앙일보] 도넛 모양 '애플파크' 재생에너지로 가동

갑작스레 애플 신사옥 이야기를 꺼내 어떤 연결고리가 있을지 생각

▲ 애플 신사옥 조감도

했을 것이다. 잡스의 통 큰 결단을 소심으로 연결하는 데 부정적인 시각도 있을 것 같다. 이렇게 거대한 건축물을 짓겠다고 결정한 최고경영자 잡스를 소심한 사람으로 취급했다고 나무랄 것 같아 걱정이 앞서지만 이야기를 시작해본다.

2011년 세상을 떠나기 3개월 전, 스티브 잡스는 캘리포니아주 쿠퍼티노 시의회를 찾았다. 평생 꿈이던 애플의 신사옥 설계도를 들고 시의원들 앞에서 건축 허가를 받기 위해 직접 프레젠테이션을 했다.

대부분의 기업 조직도는 삼각형이다. 최상위에 최고경영자가 있고 그 아래로 부서별 사장과 부사장, 임원들이 위치한다. 그 아래 매니저와 직원들이 피라미드식으로 구성된다. 잡스는 이런 일반적인 기업 조직을 싫어했다. 자신이 원의 센터에 있고 나머지 직원은 중요도에 따라 나이테 같이 그 주위를 채운다. 애플 조직도는 잡스의 바람대로 원형이다. 이런 잡스의 꿈을 이해한 건축가 노먼 포스터는 아예 애플 신사옥을 원형으로 설계했다.

항상 입는 청바지와 블랙 터틀넥 차림으로 그는 쿠퍼티노 시의회장에 들어섰다. 잡스는 매우 초췌해보였다. 우려와 달리 잡스는 발표를 진행하면서 눈동자가 빛나기 시작했다. 딱딱하고 부정적인 자세로 잡스를 맞았던 시의원들도 그의 이야기에 점점 빠져 늘었다.

한 시의원이 잡스에게 물었다.

"우리 시가 왜 당신 요청을 들어줘야 하는가?"

"쿠퍼티노 시의회가 허락하지 않으면 애플은 다른 도시에 신사옥을 지을 것이며 애플이 다른 도시로 이전하면 세금도 그 도시에 내게 될 것이다."라고 답변해 참석자들의 박수를 받았다.

잡스는 애플이 휴렛패커드가 소유한 24헥타르를 매입해 사옥 부지가 넓어진 이유를 밝혔다. 굳이 구입하지 않아도 사옥을 짓는데 별 구애받지 않는 그가 왜 그곳을 매입했는지 궁금했다. 계획에 의해 사옥이 넓어진 것이 아니었다.

잡스가 고등학교에 다닐 때 컴퓨터를 만들면서 필요한 부품을 구하려고 HP 설립자 데이비드 패커드에게 직접 전화해 도움을 받았다. 그해 섬머 인턴까지 할 수 있게 해준 패커드 씨에게 보답하기 위해 수십년 뒤 재정적으로 어려웠던 HP 땅을 인수한 것이다.

그는 "앞으로 5년이 걸리는 대형공사여서 저는 사용할 수 없지만 사랑하는 저의 직원들을 위해 만드는 사옥이니 허가를 부탁한다."라는 말로 마무리했고 시의원들은 모두 기립박수로 답했다.

이노디자인으로 유명한 김영세 대표의 책 『퍼플피플2.0』(스타리치북

스)에 나온 내용을 정리해봤다. 솔직히 많이 놀랐다. 첫 번째는 잡스가 자신의 직원들을 위해 마지막까지 성취하고자 노력한 그 마음에 놀랐다. 두 번째는 애플이 매입한 땅이 재정적으로 어려웠던 HP의 땅인 데 놀랐다.

스티브 잡스는 자신의 어릴 적 도움을 잊지 않고 기억했다. 그가 받은 작은 도움을 잊지 않고 갚은 것을 보면서 잡스가 매우 세심한 사람이었다고 생각했다. 고등학교 시절 받은 은혜를 잊지 않았다는 것은 아무나 할 수 있는 일은 아니다.

작은 도움에도 기억을 버리지 않고 나중에 꼭 갚는 경우의 말이 있다. 표모반신漂母飯信 – 한신이 빨래터 아낙에게 은혜를 갚는 것(초한지의 대장군 한신이 청년시절 도움을 받은 빨래터의 아낙에게 은혜를 갚는 것을 뜻함.).

여러 종류의 사람들이 있다. 작은 것을 기억하고 은혜를 갚는 자가 있는 반면, 작은 것을 기억하고 원수를 갚는 자가 있다. 같은 작은 것에 대해 갚는 방법이 완전히 다르게 이뤄지는 것을 보면서 사람들에 대한 이해를 더 깊이 하게 된다. 은혜로 남길 것인가, 원수로 남길 것인가의 선택에서 우리는 갈등하는 경우가 있다. 어떤 경우가 되었든 은혜를 남기는 자가 진정한 승자가 된다는 것은 묻지 않아도 알 수 있다.

잡스는 어린 시절 받은 데이비드 패커드의 도움을 오래 잊지 않았다. 휴렛 패커드가 어려울 때 자신이 도움을 받았던 과거의 기억을 잊지 않고 직접 나서 부지를 인수했다. 그 부지를 기반으로 애플 신사옥을 짓게 된다. 작은 도움에도 그 감사를 잊지 않고 갚으려고 했던 그의 모습에 소심한 남자의 이야기가 들어 있다고 생각한다.

우리가 기억하는 잡스는 외골수 모습이 강하다. 극단적인 판단과 고집스런 선택을 통해 자신을 지지하지 않는 이들은 처참히 복수했던 잡스다. 자신의 뜻을 관철시키기 위해서는 극단적인 모습도 불사하는 그였지만, 마음 한 구석 작은 배려의 마음은 끝까지 남아있었다. 사원들을 위해 사옥을 짓고 싶었던 그의 마지막 소원이 이뤄지는 것을 지켜볼 수는 없었지만 그 마지막 소원의 시작은 바라볼 수 있었다.

월트 디즈니가 생각난다. 그도 작은 상상을 통해 더 넓은 세계에 적용하고 실천했다. 디즈니랜드를 완성한 것을 보진 못했지만, 자신의 머릿속에 항상 그려놓았던 상상도를 통해 그는 완성된 모습을 미리 볼 수 있었다. 작은 시작이었다.

오늘날 디즈니랜드는 전 세계에서 가장 많은 테마파크를 갖고 있다. 그러나 그 시작은 결코 쉽지 않았다. 월트 디즈니는 자신의 숙원사업인 디즈니랜드를 보지 못한 채 눈을 감았다. 디즈니랜느가 오픈하던

날, 한 기자가 디즈니 여사에게 위로의 말을 건넸다.

"경영진의 숱한 반대를 물리치고 개장한 이 테마파크를 오늘 디즈니 씨가 직접 봤어야 했는데...... 안타깝습니다."

디즈니 여사는 이렇게 대답했다.

"아뇨, 그는 이미 알고 있었어요. 항상 생생히 설명해주곤 했죠. 그래서 이렇게 오늘 실제로 만들어진 겁니다."

머릿속에 벌써 자신의 세계를 만든 사람들이 있다. 직접 보지는 않았지만 마음 속에 그려놓은 그림을 통해 그들은 미래를 본다. 잡스도 마찬가지다. 완성된 것을 실제로는 못 봤지만 머릿속에 상상으로 모든 것을 미리 봤다. 그 모든 것의 시작은 작은 마음이었다. 도움을 갚겠다는 그 작은 마음의 시작이 큰 결과를 낸 것이다.

우리가 기억해야 할 일이다. 작은 마음이 단지 속 좁은 것으로 끝나지 않고 긍정적인 방향으로 영향을 발휘한다면 이렇게 좋은 이야기를 만들어낼 수 있다. 작은 마음으로 혼자만 삐치고 틀어지는 마음이 아니다. 받은 이상으로 갚을 것을 생각하고 살아가야 한다. 잡스는 그런 마음의 소심함을 가진 남자였다. 그 소심함으로 지금도 인류 역사에 길이 남을 리더상이 되었다.

:

작은 것을 기억하라

영화 '역린'에 나오는 중용 23장이다.

작은 일에도 무시하지 않고 최선을 다해야 한다.
작은 일에도 최선을 다하면 정성스럽게 된다.
정성스럽게 되면 겉으로 드러나고
겉으로 드러나면 이내 밝아진다.
밝아지면 남을 감동시키고
남을 감동시키면 변하게 되고
변하면 생육된다.
그러니 오직 세상에서 지극히 정성을 다하는 사람만
나와 세상을 변하게 할 수 있는 것이다.

나의 첫 졸저 『장사도 인문학이다』에 적
어놓은 글귀는 나를 항상 일깨운다. 현빈
주연의 영화 〈역린〉에 나온 대사다. 영화
내용과 연결되며 감동이 더해 소름이 돋았
다. 잊히지 않는 그 내용 때문에 항상 나의
삶을 되돌아본다. 나는 과연 작은 것에 정
성을 다하고 있는가?

나는 기억력이 좋지 않다. 아내가 좋아
하는 것을 모두 기억하지는 못한다. 몇 가지만 기억하고 있다. 적은 기
억을 가지고 상황에 맞게 적절히 사용한다. 아내는 진한 초코케이크를
커피와 함께 먹는 것을 좋아한다. 자신이 좋아하는 브랜드가 있다. 카
페 업무 외에 외부로 나갈 일이 있으면 그 브랜드 초코케이크를 사오
려고 노력한다. 케이크를 전달할 때 기뻐하는 모습을 생각하면 내 스
스로 기특하고 우쭐해지기도 한다. 기뻐하는 모습 덕분에 나도 덩달아
기분이 좋아진다.

작은 기억이 아내를 행복하게 만든다. 며칠 동안 아껴 먹으며 고마워
한다. 그 모습에 나도 행복하다. 큰 이벤트를 기획하거나 준비하지 못
하지만 소소한 기억을 더듬어 작은 선물을 하는 데 감동이 있다.

여성들은 작은 이벤트에 감동한다. 남성들이 큰 것에 집착하지만 정작 여성들이 원하는 것은 소소한 기억과 더불어 작은 선물일 때가 많다. 남녀차이 때문이라고 평가하기에는 뭔가 아쉬움이 있다. 소소한 것을 기억하고 인정해줄 때 서로의 사랑은 자란다.

소심(小心)남이 그런 모습이어야 한다. 작은 것을 기억하고 배려하는 것, 상대방을 존중하면서 섬기는 자세가 바로 작은 마음의 시작이어야 한다. 큰 것을 준비하려다가 망치는 사례가 비일비재하다. 무리할 필요가 없다.

상대방이 오른손잡이인지 왼손잡이인지, 채식을 좋아하는지 육식을 좋아하는지, 정적인 취향인지 동적인 취향인지, 멜로물을 좋아하는지 액션물을 좋아하는지 작은 기억을 더듬어 배려할 때 상대방은 감동받는다. 세심한 관심과 배려가 있다면 어렵지 않게 알아낼 수 있다. 거창한 것은 뒤로 미루고 작은 것에 집중하는 방법을 찾아보는 것이 어떨까.

나는 작은 카페를 운영하고 있다. 고객 대부분이 단골이어서 새로운 분이 오시면 단번에 알 수 있을 정도로 작은 동네의 카페다. 모든 고객의 취향을 기억하지는 못하지만 오래 반복하다보니 자연스럽게 몸에 익었다. 고객이 문을 열고 들어오면 묻지 않고 원하는 메뉴를 곧바로 제조할 수 있다. 작은 것을 기억하고 취향에 맞게 메뉴를 제조한다. 자신의 취향을 알아주는 데 고객들이 매우 좋아한다. 나도 덩달아 취향 저격에 성공했다며 자랑한다.

따뜻한 카페라떼를 주문하면 우유스팀으로 하트 모양을 만들어준다. 내가 보기에 민망한 모양에도 많은 분들이 감탄하며 좋아한다. 일부러 그러는 것이겠지만 그런 작은 감동에 나도 덩달아 기분이 좋아진다. 잘하고 싶어 연습도 한다.

단골 고객 중에 윤희 씨는 바닐라라떼를 계절에 따라 따뜻한 것과 차가운 것을 드시는 분이다. 언젠가 바닐라라떼를 주문하고 하트를 만들어드릴 때 이런 말을 했다.

"사장님, 저는 왼손잡이예요~"
속 뜻이 있는 센스 있는 말이었다. 우유로 하트를 만들어줄 때 오른손잡이를 기준으로 만든다. 오른쪽 손잡이를 잡고 하트의 밑부분부터 마실 수 있도록 한다. 그래야만 하트 모양이 깨지지 않는다. 마지막까지 하트가 남아 있도록 하는 방법이다.

왼손잡이는 그 반대로 해야 한다. 하트의 윗부분부터 커피를 마시게 되니 하트가 깨지거나 모양이 이상해진다. 하트 모양을 만들 때 반대

로 해달라는 의미로 자신은 왼손잡이라는 말을 한 것이다. 그런 요청을 내가 알아들을 수 있도록 한 센스 있는 배려다.

그 이야기를 두 번 더 들었다. 기억한다고 했는데 자꾸 잊어버렸다. 잊지 않기 위해 기억했다가 마침내 왼손잡이용으로 하트를 그렸다. 엄청 좋아했다. 내 작은 기억과 실천이 이렇게 기분을 좋게 만든다고 생각하니 내가 더 감동이었다.

매우 작은 것이다. 그리 생색낼 수 없는 민망한 수준의 실천이었는데 기뻐하고 즐거워하는 모습을 보면서 깨달았다. 내가 작은 것을 기억하고 베푼다면 받는 사람들의 감동은 그 작은 것의 수백 배 감동을 받는다는 것을 알았다.

아내도 고객도 아이들도 마찬가지다. 만나는 많은 사람들 모두 그렇다. 작은 기억을 더듬어 하나라도 주려는 모습에 감동한다. 내가 받는 입장이 되었을 때도 그렇다. 두 번 정도 간 음식점에서 나를 기억해주고 취향을 알아주었을 때 얼마나 좋았는지 생각해봤다.

새로운 손님을 모시고 아는 식당에 가는 이유가 그렇지 않을까? 나를 알아주고 환대해주는 것에 만족하면서 그 식당을 이용하는 것이다. 세상 모든 것이 작은 것에서 시작하는 것이다. 거장한 것을 이루기 위해서는 매우 작은 것들이 모여 크게 성장한다는 것을 알았으면 좋겠다. 나의 작은 감사와 배려가 상대방에게는 아주 큰 감동으로 남을 수 있다.

가슴따뜻해지는 편지 한 장으로 감동받은 배달원의 이야기다. 중국집 배달원을 1시간 동안이나 울린 사연이 있다. 한 여자아이가 빈 그릇과 함께 건넨 편지 한 장 때문이었다. 어느 밤늦은 시간 전화 한 통이 걸려왔다. "죄송하지만 음식값은 중국집을 지나가면서 낼 테니 집에 혼자 있는 딸아이에게 자장면 한 그릇만 배달해줄 수 있냐"라는 내용이었다.

"당연히 배달해드려야죠."라고 대답하고 알려준 집으로 갔다. 예쁜 꼬마숙녀가 "아저씨, 감사합니다."라며 자장면을 받았다.

그로부터 1시간 후 그릇을 수거하러갔더니 자장면 그릇이 깨끗이 설거지되어 있어 놀랐고 기분도 좋았다. 그런데 그릇 속에서 "열어보세요. 택배아저씨."라고 적힌 편지봉투를 발견하게 되었다. 편지를 본 순간 망설였지만 고민 끝에 열어봤다. 봉투 안에는 천 원짜리 지폐와 함께 "밥을 따뜻하고 맛있게 먹을 수 있도록 해주셔서 감사합니다."라고 또박또박 예쁜 글씨가 쓰여 있었다.

평소 배달일이 너무 힘들어 몸도 마음도 지쳐 있던 그였지만 '오늘은 너무너무 눈물이 난다'라며 한 온라인 커뮤니티 사이트에 사연을 공개했다.

작은 배려와 작은 감사가 이렇게 큰 감동이 되고 많은 이들의 마음을 따뜻하게 만들어주는 훈훈한 이야기가 되는 것이다. 아이의 순수한 행동이 행복을 전하는 계기가 되었다. 행복은 큰 것을 한 번에 모두 느끼는 것이 아니다.

우리가 생각해야 할 내용이다. 작은 것을 기억하고 자주 사용하고 전하는 데 집중한다면 우리의 행복은 지금 눈 앞에 있을 것이다.

⋮

소심한 남자가 인기다

민감함은 신이 주신 최고의 감각이다.

ㅡ『센서티브』, 일자 샌드, 김유미, 다산

일반적으로 다섯 명 중 한 명은 남들보다 민감한 성향이라고 한다. 우리는 민감한 사람들을 소심하다고 하는 경향이 있다. 왠지 부정적인 어감이 있다는 것을 인정한다. 하지만 민감한 것이 부정을 뜻하는 단어는 아니다. 우리는 오해와 의심을 하고 있다. 민감은 감각이 뛰어나다는 것이지 까칠한 것이 아니다. 소심도 그렇게 생각해야 한다. 작은 마음의 뜻을 올바로 사용해보자.

소심(小心)이 뜻하는 작은 마음에 대해 이야기하고 싶다. 작은 마음을 표현하는 방법에 문제를 제기하고 싶다. 작은 마음이 단순히 속 좁은 것으로만 치부되는 것을 거부한다. 작은 마음은 아이들의 마음을 이해할 수 있는 섬세한 마음을 표현한 것이다. 남을 위한 배려가 넘치게 보이는 것으로 민감하다, 예민하다 등의 표현으로 비하된 것을 우리는 아무렇지 않게 사용한 것은 아닐까?

나의 실수가 기억에 남는다.

카페에서 생긴 일이다. 카페를 오시는 고객분들 중 나이보다 젊어보이는 분들께 하는 말이 있다. 관리를 잘해서인지 원래 동안인 외모 덕인지 세대가 가늠이 안 된다. 나름대로 사람 보는 눈이 있다고 자부하지만 짐작하기 어려운 분들이 너무 많다. 자녀가 장성해 나이가 분간 안가는 경우가 많다. 두 여성이 오면 자매인지 헷갈리고 남녀가 들어오면 누나인지 헷갈릴 때가 많다. 그런 분들에게 칭찬의 의미로 드리는 말씀이다.

전에 두 번 정도 오신 고객이었다. 딸과 함께 오신 고객님은 딸이 엄마라고 부르는 것이 어색할 정도로 어려보였다. 친근감의 표현과 젊어보인다는 의미로 이렇게 말했다.

"우와~! 띠님이세요?"
"네."

"엄청 동안이시네요."

"네. 감사합니다."

"어머님께서 일찍 이성에 눈뜨셨나봐요?"

"네?"

"따님이 이렇게 장성한데 너무 동안이시라. 아무리 생각해도 결혼을 일찍하셨을 것 같아서요."

옆의 딸이 무지 크게 웃는다. 어머니의 표정은 굳어졌다. 분위기가 이상하다.

"맞아요. 우리 엄마 일찍 사고쳤거든요."라면서 크게 웃는데 내가 아찔했다. 내가 할 수 있는 사태수습 범위에서 벗어났다.

"헉! 죄송합니다."

'이거 큰일이다.'

어떻게 음료를 드렸는지 인사하고 보냈는지 기억나지 않는다. 나도 엄청나게 당황했다. 어머니의 마음이 이해된다. 딸이 비웃고 사람들 앞에서 창피당했다는 그 암담한 마음의 상처가 내게도 느껴졌다. 주워 담을 수가 없었다.

예상처럼 그 다음부터 고객님은 뵐 수 없었다. 사과라도 전하고 싶었지만 버스는 지나갔다. 내 무지를 탓해보아도 소용없다. 돌이킬 수 없다. 나의 생각 없는 농담이 이렇게 큰 상처가 된 것을 생각하니 지금도 죄송하기만 하다. 주워담을 수 있으면 좋겠는데, 그렇게 할 수가 없다. 안타깝다.

이 사건 이후 초면인 사람들에게 그런 농담을 절대로 하지 않는다. 어느 정도 친해진 분들에게 칭찬으로 하는 경우는 있지만 어색한 분위기를 누그러뜨리기 위해 처음 만난 분들에게 하는 경우는 없다. 지금은 그 실수가 오히려 감사하다. 실수 덕분에 소심하게 상대방을 살펴보게 되었고 그 이후로 내가 생각 없이 하는 농담을 한 번 더 점검하게 되었다. 실수를 줄여나가고 있다.

내가 선의를 베풀더라도 상대방이 선의로 받아들이지 않을 수 있음을 알게 되었디. 내가 옳다고 생각한 것이 남에게도 옳은 것은 아니다. 그때서야 알게 되었다. 작은 배려의 마음이 필요하다는 것을.

작은 마음이 공유할 수 있는 것이 많이 있다. 예민하게 바라볼 수 있는 것에 패션감각이 더해지면 특별한 능력을 가진 패션디자이너가 될 수 있다. 다른 사람들이 발견할 수 없는 작은 차이를 발견함으로써 많은 이들의 생명을 살리는 의사가 될 수도 있다. 그 특별한 감각과 세심함이 고수와 하수를 가르는 차이가 될 수 있다.

전과 달라진 시대에 세심하고 민감한 감각이 남자에게 필요한 때가 되었다. 작은 마음이 여기 해당된다. 배려의 시작은 작은 것부터다.

직업의 남녀경계가 무너지면서 남성과 여성의 일이 공유되고 있다. 감각을 무기로 뛰어난 센스로 무장한 이들이 곳곳에서 영향력을 펼치고 있다. 우리가 생각하는 작은 마음의 소심함이 필요한 직업들이 늘고 있다. 감각을 더 세심히 다듬을 필요가 있다. 우리가 사는 세상에 작은 관심과 배려의 소심함을 가지고 사람을 대하는 이들이 늘길 바란다.

원래 작은 일에 소심한 사람이 큰 일에 과감한 법이다. 주위 대소사에 큰소리 떵떵치는 사람치고 큰일 하는 것 본 적 없다.

『남자의 물건』, 21세기북스, 김정운, p.312

아무리 주위를 둘러봐도 그 말 그대로인 것 같다. 큰소리치는 사람치고 제대로 일을 마무리하는 것을 못 봤다. 반면, 소심하다고 생각했는

데 어느 날 갑자기 뭔가를 해낸 사람들을 보면서 깨닫는 바가 많았다. 말로만 하는 사람들은 열매가 없다. 말만 번지르르한 사람을 특별히 조심해야 한다. 무슨 일이든 사람을 평가할 수 있는 길은 작은 시작부터 해야 한다.

일레인 N. 아론『타인보다 더 민감한 사람』의 내용에 이런 말이 있다.

나는 작은 일에 크게 상처받고 아파하고 슬퍼한다.
그러나 나는 작은 일에 크게 감동하고 좋아하고 감사할 줄 안다.

또한 일할 때 시간이 오래 걸리고 쉽게 지쳐버리지만
일의 효율적인 처리 방법을 알아내고 쉽게 처리한다.

새로운 환경을 어려워하지만
더 많은 것을 파악하고

다른 사람의 기분과 감정으로부터 큰 영향을 받지만
그만큼 타인의 감정들을 잘 알아차린다.

예민하고 민감하고 소심한 사람들의 장점이 이렇게 많다. 우리의 시각을 바꿔야만 보이는 것에 집중하자. 그들의 작은 마음과 예민한 마음의 장점을 알아낼 수 있는 안목이 필요할 뿐이다.

결국 작은 마음을 표현하는 차이가 이해의 차이로 발전한다. 작은 마음이 배려의 작은 마음일 수 있다. 작은 배려가 쌓여 더 큰 결과를 만들어낸다. 작은 배려, 작은 관심, 작은 표현들이 소심남의 본 모습이다. 우리가 취해야 할 인생의 모든 관계에서 이런 작은 것들이 쌓여 깊이 있는 관계로 발전할 수 있다. 그런 의미에서 소심남이 인기일 수밖에 없다.

일과를 잘 마무리하고 자신의 자리에서 묵묵히 일하면서 쌓아온 노하우가 큰일의 바탕이 될 수 있다. 과감하다고 모두 성공하는 것은 아니다. 대범하다고 큰 일 하는 것도 아니다. 소심남은 작은 일들이 쌓여야만 큰 일을 할 수 있다는 것을 안다.

소심남과 대범남을 가르는 결정적인 차이는 작은 것에 순종하고 매일 삶에 최선을 다하는 것인가다. 소심남의 배려가 하루를 살아가는 데 최선의 결과를 낼 수 있다.

소심남은 그래서 인기 있다. 가정에서도 그렇다. 가장으로 소심한 마음으로 가족을 챙기고 더 나은 인생을 위해 최선을 다해 살아가는 모습 덕분에 가정이 화목하고 성장할 수 있다. 소심남의 긍정적인 모습을 배워보자. 더 나은 세상으로 바뀔 것이라는 확신을 가질 수 있다.

Chapter
02

소심笑心 웃는 너 그리운 마음 笑

1. 웃음
2. 웃다
3. 비웃다
4. 조소하다(嘲笑---)
5. 꽃이 피다

형성문자

笑(소)와 동자(同字), 음(音)을 나타내는 夭(요⇒요염히 앉아 있는 여자(女子)의 모양→·소)와 대나무(竹)의 흔들리는 소리가 웃음소리 같다는 뜻이 합(合)해 「웃다」를 뜻함. 옛날에는 자형(字形)의 기원(起源·起原)을 ① 대나무가 바람에 흔들리듯이 몸을 꼬면서 웃는 모습이라 하고 ② 竹(죽)과 犬(견)을 써 개가 대바구니를 쓴 거북한 모양이 우스운 데서 웃다가 되었다고 하고 ③ 사람을 따르는 개가 낑낑거리는 소리와 사람의 웃음소리가 닮았기 때문이라고 했다.

⋮

소심(笑心)한 남자

웃을 수 있는 너그러운 마음이 소심이다. 타인의 관점에서 사물을 볼 수 있어야만 그의 마음을 이해할 수 있다. 그 마음을 이해할 수 있어야만 설득할 수 있다. 역사상 뛰어난 리더들의 공통점 중 하나를 꼽을 때 유머를 들 수 있다.

절체절명의 순간에 던지는 그 유머 한 마디가 긴장을 누그러뜨리고 삶의 여유를 찾게 만든다. "거울은 절대로 먼저 웃지 않는다." 우리가 반드시 기억해야 할 명언이다. 내가 먼저 웃음을 보이면 상대방은 따라한다. '웃는 얼굴에 침 못 뱉는다'라는 속담은 지금도 통하는 이야기다. 만고의 진리다.

1981년 레이건 전 대통령이 존 힝클리가 쏜 총에 맞아 병원으로 실려 갔다. 응급차가 달려오고 간호사들이 지혈하기 위해 레이건의 몸을 만지기 시작했다. 아픈 와중에도 그는 간호사들에게 농담을 했다.

"낸시(아내)에게 허락받았나?"

간호사들이 말했다.

"이미 낸시 여사님에게 허락받았습니다."라고 응수했다.

다시 한 번 그의 유머가 빛났다. 수술을 준비하던 의사들에게 말했다.

"당신이 공화당원이면 좋겠다."

그 말에 주치의가 대답했다.

"각하, 오늘은 저희 모두 공화당원입니다."

같은 유머로 응수했다. 너무 멋지다.

얼마 후 부인 낸시 여사가 나타나자 레이건이 이렇게 말했다.

"여보, 나 총알 피하는 걸 깜빡했어. 내가 전처럼 영화배우였다면 총알을 피할 수 있었을 텐데."

이 한마디로 레이건은 지지율이 83%까지 올라갔다. 이듬해 레이건의 지지율이 30%까지 떨어지자 걱정하는 보좌관들에게 그가 말했다.

"그까짓 지지율 걱정하지마, 다시 한 번 총 맞으면 될 테니까."

1984년 미국 대선에서 민주당의 먼데일 후보는 경쟁자의 나이를 물고 늘어졌다. 첫 번째 TV토론에서 먼데일 후보가 유리했는데 레이건 후보가 늙고 피곤해보였기 때문이다. 그래서 먼데일 후보는 쐐기를 박으려고 나이 문제를 거론하며 말했다.

"대통령의 나이가 좀 많다고 생각하지 않습니까?"
그러자 레이건 후보가 대답했다.

"저는 이번 선거에서 나이를 이슈로 삼지 않겠습니다. 상대방이 너무 어리고 경험이 없다는 사실을 정치적으로 이용하지 않겠다는 것입니다."

이 광경을 지켜보던 미국 시청자들은 웃음을 터뜨렸고 레이건은 대통령에 당선되었다.

나는 이 이야기가 웃는 너그러운 마음(소심)의 승리라고 생각한다. 자신을 공격하는 것까지 유머로 받아칠 수 있는 여유와 그 이야기를 하는 사람의 입장을 통찰하며 부드럽게 제압하는 모습을 우리 소심남들은 배워야 한다. 레이건으로부터 유머와 여유의 힘을 배워야 한다. 그는 유머를 자신의 장점으로 승화했고 위기의 순간을 의연하게 넘길 수 있었다.

공격에 공격으로, 비난에 비난으로 대하는 것은 세상 누구나 할 수 있다. 리더의 덕목이 이런 웃는 너그러운 모습이면 좋겠다. 비난받았지만 격려로 바꾸는 사람, 공격받지만 역공을 선택하기보다 상대방을 품기 위해 배려를 택하는 사람에게 호감을 갖는 것이 세상 이치인 것 같다.

웃음과 여유, 유머는 주위 사람들을 전염시키는 능력이 있다. 자신의 감정을 곧이곧대로 비추는 리더에게는 사람들이 존경심을 품기 힘들다. 화날 때 화내고 질책하고 안절부절 못하는 리더에게 누가 마음을 주겠는가. 우리는 그런 리더에게 마음을 주지 않는다.

『노는 만큼 성공한다』의 김정운 교수는 책에서 말한다.
진정한 성공은 3가지 C를 가지고 있다고 한다.
첫째, '만족(contentment)'이다. 자신이 이룬 것에 만족하며 감사할 줄 알면 성공한 것이다.
둘째, '평온함(calmness)'이다. 아무리 성공했다고 여겨져도 마음에 평온함이 없으면 성공이라고 할 수 없다.
셋째, '관계(connection)'다. 자신을 둘러싼, 사랑하는 사람들과 성공의 기쁨을 공유할 수 있어야 한다.
아무리 성공했다고 여겨져도 주위에 그 기쁨을 함께 할 사람이 없다면 그 성공은 무의미한 것이다.

이 3가지 C를 한 마디로 요약하면 이렇다.

'성공은 자주 웃고 많이 사랑하는 것이다.'

성공의 기준을 물질로만 생각하는 우리에게 새로운 깨달음을 주는 말이다. 성공은 자주 웃고 더 많이 사랑하는 것임을 잊지 않길 바란다. 그런 공감을 하는 사람이 주변에 많을수록 그는 성공한 인생일 확률이 높다. 우리 인생에 더 나은 삶을 꿈꾼다면 많은 이들을 사랑하고 웃는 너그러운 마음(소심 笑心)인 여유가 자리 잡길 바란다.

경직된 우리 삶에 소심이 필요한 이유다.

일소일소 일로일로[一笑一少 一怒一老]

"한 번 웃으면 한 번 젊어지고 한 번 화내면 한 번 늙는다."

웃음 10계명

　사람이 가장 아름다워보일 때는 웃을 때라고 한다. 웃을 때 암을 이기는 성분인 꿈의 항암제 감마인터페놀이 200배나 나오고 기쁜 노래를 할 때는 "다이돌핀"이라는 성분이 엔돌핀(암을 이기는 성분)의 4,000배나 나온다고 한다.

1. "크게 웃어라"
　　크게 웃는 웃음은 최고의 운동이며 매일 1분 동안 웃으면 8일을 더 오래 산다.

2. "억지로라도 웃어라"
　　웃음에 병은 무서워 도망간다.

3. "잠자리에서 일어나자마자 웃어라"
　　아침의 첫 번째 웃음은 보약 중 보약이다.

4. "시간을 정해놓고 웃어라"
　　약 시간에 맞춰 먹지 말고 그 시간에 웃어라. 병원과 의사와 영원히 작별이다.

5. "마음까지 웃어라"

얼굴 표정보다 마음 표정이 더 중요하다.

6. "즐거운 생각을 하며 웃어라"

   즐거운 웃음은 즐거운 일을 만든다.

7. "함께 웃어라"

   혼자 웃는 것보다 33배 효과가 있다.

8. "힘들 때 더 웃어라"

   진정한 웃음은 힘들 때 웃는 것이다. 고수의 자세다.

9. "한 번 웃고 또 웃어라"

   웃지 않고 하루를 보낸 사람은 하루를 낭비한 것이다.

10. "꿈을 이뤘을 때를 상상하며 웃어라"

    꿈과 웃음은 한 집에 산다. 둘을 친하게 만들어라.

⋮

넓은 마음으로

아량 - 너그럽고 속 깊은 마음씨

아량이 넓다는 것은 너그럽고 속 깊은 사람들에게 붙여지는 말이다. 그들에게는 배려가 삶의 자세다. 남을 위해 애쓰는 너그러운 마음의 사람들을 일컫는 말이다.

어느 날 백악관을 방문한 비서관이 대통령 집무실로 들어가려는 찰나, 복도 한쪽에 쪼그리고 앉아 있는 남성을 발견했다. 자세히 보니 그는 다름 아닌 대통령이었다.

그렇지 않아도 일부 대통령을 헐뜯는 사람들로부터 '대통령은 시골

뜨기여서 품위가 없다.'라는 소리를 듣고 있던 터여서 비서관은 대통령에게 그 부분을 말했다.

"대통령 신분으로 구두를 닦는 모습은 구설수를 만들 수 있어 안 좋게 생각됩니다."

그러자 대통령은 잔잔한 미소를 지으며 말했다.

"자신의 구두를 닦는 것이 부끄러운 일인가? 자네 생각이 틀렸다고 생각하진 않나? 대통령은 국민을 위해 일하는 공무원임을 명심해야 하네."

그리고 비서관에게 다시 말했다.

"세상에 천한 일은 없네. 다만 천한 마음을 가진 사람이 있을 뿐이네."

미국 16대 대통령 에이브럼 링컨의 일화다. 신분과 인종, 남녀차별이 횡행하던 시대 지위고하를 보지 않고 인성을 중시한 링컨 대통령의 모습이 인상적이다. 무려 150년 전 이야기다. 그만큼 긴 시간이 흘렀음에도 우리에게 주는 감동이 있다. 우리는 왜 감동받고 이런 리더를 기다리는 것일까?

우리나라의 리더 모습에 선입견을 대입한다면 이렇지 않을까? 부하

직원의 그 말에 대뜸 화부
터 냈을 것 같다.

그 비서는 경질되었을
것 같다. 또는 다른 사람
에게 구두 닦으라고 시켰
을 것 같다. 나만의 생각
일지 모르겠지만 그런 시
대가 지났는데도 선입견
을 지울 수 없다.

넉넉한 마음을 지닌 사
람의 모습을 링컨으로부
터 찾을 수 있다. 우리나
라 대통령들이 흠모하는

리더를 꼽을 때 외국 지도자임에도 링컨을 자주 꼽는다. 그만큼 위대
한 지도자를 가진 미국이 부러운 이유이기도 하다. 넉넉한 마음으로
차별을 철폐하겠다는 굳은 신념으로 전쟁까지 불사했던 그 마음이 대
단하다.

한 어린이가 링컨의 외모를 지적한 일화가 있다. 그레이스 베델이라
는 소녀는 링컨의 공약을 좋아했다. 링컨이 대통령에 당선뇌길 바랐

다. 그러던 어느 날 링컨의 사진을 보고 있던 그녀는 자신의 방의 그림자가 '링컨의 마른 얼굴의 일부를 덮은 모습이 보기 좋다'고 생각했다. 그녀는 링컨에게 편지를 썼다.

'링컨의 마른 얼굴은 우스워보이지만 턱수염이 있으면 더 좋아보일 것이고 그럼 사람들이 그를 더 좋아할 것'이라는 내용이었다.

링컨은 소녀의 이야기를 듣고 턱수염을 길렀고 그 해 대통령에 당선되었다.

한 아이의 목소리가 한 어른의 인생을 변화시켰다. 넓은 마음을 가진 사람들이 할 수 있는 이야기다. 어린 아이의 목소리까지 들을 수 있었던 링컨은 대통령이 될 수밖에 없었다. 두 사례 모두 링컨 이야기다. 그의 리더십이 넓은 아량의 지표와 같은 생각에서 그의 이야기를 안 할 수 없었다. 앞으로 우리나라에 링컨과 같은 위대한 리더가 나와 세상을 변화시키는 일을 감당하길 바란다. 우리나라 리더의 감동 일화를 나누는 시간이 늘길 바란다.

'품위'란 무엇인가?

사회생활 과정에서 형성된 사회적 관념으로 사회구성원들이 각자 지위나 위치에 따라 갖추어야 하는 것으로 여겨지는 품성과 교양의 정도.

품위에 대해 생각해봤다. 우리가 지켜야 할 교양의 척도다. 장사꾼인 나는 교양의 척도를 정하는 기준으로 고객을 바라본다. 고객도 지켜야 할 교양이 있다고 생각한다. 매장에서의 행동은 품위가 드러나는 행위다. 그것을 기억하고 살지만 금방 바뀌지 않는다. 품위는 살아오는 과정에서 생긴 행동일 때가 많다. 가끔 교양 없이 주문하는 사람들을 본다.

첫 책 『장사도 인문학이다』에 이야기한 내용이 있다. 첫 닭꼬치 노점을 하면서 받았던 상처가 있다. 호기롭게 시작한 장사에 건달처럼 보이는 사람이 왔다. 천 원 지폐를 집어던지며 한 마디한다.

"야! 닭꼬치 하나 줘 봐!"

당황했지만 아무렇지 않게 응대했다. 하지만 지금까지 잊혀지지 않는 것을 보니 그 충격이 꽤 컸나보다. 충격을 준 일들이 그 후로도 많았지만 첫 기억을 덮을 수는 없었다. 앞으로는 그 이야기를 하지 말아야겠다. 나는 넓은 아량의 소심남이 되었으니 말이다.

많은 사람들이 그렇게 행동한다. 자신의 품위를 높이 생각하지만 행동으로 드러나는 품위는 자신의 기준치보다 훨씬 낮을 때가 많다.

그런 사람의 품위는 일단 아웃이다. 상점에서 고객을 대하는 모습을 보면 인격이 드러난다. 나이를 떠나 상대방을 대하는 모습이 자신의 그릇을 드러내는 일임을 많은 사람들이 모른다. 내가 높은 대접을 받고 싶으면 남을 높게 대접해야 한다. 자신이 존경받고 싶다면 남을 존경하면 된다. 이런 간단한 진리는 모른 채 자신은 높은 사람인데 이런 대접을 받아야 하느냐는 등 이상한 논리만 편다. 자신의 행동이 자신의 가치를 만드는 것임을 잊지 말자.

많은 사람이 갑을 관계를 이야기하는 이유가 있다. 대부분 자신이 갑일 때는 한껏 갑질을 한다. 반대로 을일 때는 너무 굴욕적일 때가 있다. 자존감이 낮아서라고 생각하지만 그를 상대하고 있는 을의 위치인 거래처는 다시는 거래하고 싶지 않을 것 같다.

자신의 품위를 자연스럽게 드러내는 넓은 아량으로 살아가는 소심남이 그립기만 하다.

"품위란 삶의 쇠퇴기가 찾아와도 퇴행하지 않는 능력이다. 고통에 직면하면서도 무뎌지지 않는 능력, 극심한 고통을 겪으면서도 제자리를 지키는 능력은 품위를 지킬 때 완성된다."

— 스캇팩 —

항상 걱정을 떨치지 못하는 사람에게 도움이 되는 8가지 행동

1. 이미 발생한 문제에 저항하지 말라. 대부분의 사람들에게도 종종 발생하는 일이라고 생각하라.

2. 곤경의 원인을 제공하는 사람들에게 친절하라. 그들을 최대한 부드럽게 받아들임으로써 최악의 사태를 피할 수 있다.

3. 가능하면 문제에 일찍 익숙해질 것. 익숙해지면 일의 세부적인 맥락이 자세히 보인다.

4. 우리는 기쁨뿐만 아니라 고통을 통해서도 성장한다. 대부분의 딜레마는 깨끗이 타개할 수 없지만 빠져나올 수 있음을 기억하라.

5. 극지를 모험하는 탐험가는 냉혹한 추위를 받아들이고 즐기는 쪽을 선택한다. 극복할 수 없다면 차라리 즐겨라.

6. 자신의 생각만큼 정말로 동요하고 있는지 자문해보라.

7. 곤경 속에서 재미를 찾아보라. 어떤 곤란한 상황에도 유머러스한 면은 있다.

8. 무슨 일이 일어나더라도 자신과 다른 사람을 존중하는 마음이야말로 천하무적이라는 사실을 잊지 말라.

– 나는 뻔뻔히 살기로 했다. 데이비드 시버리, 김정한, 홍익출판사

⋮

행복한 남자

행복이라는 기준처럼 애매모호한 정의도 없다. 동일한 조건에서도 누구는 행복하다고 말하고 누구는 불행하다고 말한다. 각자 만족도의 차이라고 하기에는 뭔가 부족한 느낌을 지울 수 없다. 각자 기준이 다르기 때문이다.

자존감이 높은 사람이 행복한 사람이다. 현재를 사는 우리는 상처가 너무 많다. 상처로 인해 자존감은 바닥을 친다. 나를 사랑하는 자존감이 낮은데 어떻게 남을 사랑할 수 있을까?

자신을 사랑하지 않는 사람이 다른 사람을 사랑하는 것은 사랑의 본질에서 벗어난 느낌이라고 생각한다. 위로받기 위한 사랑의 표현일 뿐 진정으로 주는 사랑에는 근접하지 못한다. 안타깝다. 받는 것보다 주는 것이 행복하다는 이야기를 이해해야 하는데 그들은 그렇게 이해못한다. 살아보지 않았는데 머리로 배운 것을 살아보라고 해봤자 흉내만 내는 것이다. 몸소 체득하는 것이 필요하다.

행복이 그렇다. 행복한 가정을 체험한 사람들이 행복한 가정을 꾸릴 확률이 높다. 방송에서 연애를 이야기하면서 하는 유머가 있다. 이성교제를 책으로 배운 사람들을 놀리며 이야기한다. 체험하지 않고 머리로만 배운 지식은 쓸모 없다. 이론과 실제의 차이가 엄연히 존재한다.

연애를 책으로 배우고 수영을 동영상으로 배운 사람들은 모른다. 실제 접할 때 자신이 배운 바와 다르다는 것을…. 우리가 사는 세상은 이론만으로 돌아가지 않는다. 이론은 완벽한 상태일 때 이뤄질 수 있다는 가정일 뿐이다. 그것을 맹신하면 배신감에 치를 떨게 되어 있다.

이론을 버리라는 것이 아니라 이론을 이론으로 인정하고 실제에서 어떤 차이가 있는지 볼 수 있는 눈을 길러야 한다. 그것이 통찰이고 안목이다.

이론을 접하는 데 소홀하라는 말이 아니다. 이론과 법칙을 잘 배우고 깨닫고 실제에 어떻게 적용하는지 체험해야 한다. 법칙은 그렇게 실험을 통해 만들어진다. 사랑을 이론으로 배웠으면 직접 경험해 깨달아야 한다.

회사도 그렇다. 대학생 때 오히려 많은 정보를 얻을 수 있다. 많은 책을 읽고 내면을 채움으로써 많은 것을 알 수 있다. 하지만 실무에서는 다른 일들이 벌어진다. 이론만으로 설명되지 않는 그 무엇이 있다.

세상살이가 모두 그렇다.

행복의 정의를 구분 짓기 매우 어렵다. 사람마다 최우선 기준이 다르다. 정의가 다르고 행복을 느끼는 우선순위가 다르다. 남녀가 다르고 세대가 다르다. 다름을 인정하고 행복한 삶의 표본을 찾아봐야 한다.

행복하다는 느낌. 매우 작은 것부터 시작하자.

갈증날 때, 차가운 얼음물을 마실 때의 시원함
더운 날씨에 집에 들어가 에어컨을 틀었을 때의 시원함
추운 겨울 온 몸이 꽁꽁 얼었을 때 따뜻한 불길을 쬐는 그 따뜻함
엄마의 품처럼 따뜻한 온기를 느낄 수 있는 포근함

가을 낙엽을 밟으며 두 손 붙잡고 걷는 그 따스함
봄바람에 휘날리는 꽃잎을 보며 느끼는 상쾌함
모두 행복이다.

작은 행복에서 시작해야 한다. 소심남의 마음에 노력하고 힘쓰는 데
더해 작은 행복을 찾고 만족하고 더 나은 인생을 설계하길 바란다. 세
상을 위한 따뜻한 뉴스가 끝없이 나오길 기대하는 마음도 행복의 연장
선이다.

돈이 최고라는 사람들의 이야기가 있다. 돈이 많으면 행복하다는 말.
사실일까? 누구나 부자를 꿈꾸지만 그것만 참된 행복일까라는 의구심
이 든다. 돈이 인생의 전부가 아닌 것은 수많은 재벌들이 우리를 대신
해 검증해줬다고 생각한다. 돈이 최고의 인생이라면 그들은 왜 자살하
고 행복하지 않다고 말할까? 밥먹듯이 이혼을 하고 새 물건을 사지만
금방 싫증을 느낄까? 자신의 배우자도 소모품으로 여기는 것은 아닐
까? 무엇보다 그들은 행복해보이지 않는다.

돈이 인생의 행복을 결정하는 유일한 기준이 아니기 때문이다. 그것
을 이해하는 사람들은 물질에 목매지 않는다.

『당신이 지갑을 열기 전 알아야 할 것들』에서 말한다.
"물질은 감가상각이 존재하고 계속 더 **좋은** 것이 나오는 반면, 체험

적 구매의 기억과 추억은 계속 머릿속에서 상기되며 그 가치를 더해가기 때문이다."

　물질로 모든 행복을 채울 수 없는 이유다.
　그렇다면 '권력이 행복의 유일한 기준일까?' 수많은 나라 지도자들이 삶을 마감할 때 비참하게 마무리하는 경우를 보아왔을 것이다. 그들에게 행복을 발견할 수 있을지 모르겠다. 분명히 행복한 사람들이 있다고 생각한다. 하지만 모든 리더들이 행복하다고 생각하지는 않는다. 그들 나름대로 고민에 빠져 행복을 경험하지 못한 삶을 살고 있다. 마무리가 불행한 분들이 있었다는 것을 우리 모두 알고 있다.

　결국 행복을 추구하는 모든 것이 물질이나 돈, 권력이 될 수 없다는 것을 인정해야 한다. 행복의 정의를 너무 큰 것으

로 내리지 않아야 한다. 너무 먼 것에 목 매다보면 목표에 미치지 못했을 때 좌절하게 된다. 상대적 박탈감으로 불행한 사람이 되고 만다. 그러지 말자. 작은 것에 기준을 맞추길 바란다.

행복을 소소한 데서 찾는 지혜를 가져야 한다. 소소한 일상에서 배울 수 있는 행복이 있다. 어린 아이가 걸음마할 때 환호하는 부모 마음이 그렇고 아이가 초등학교 입학식에서의 늠름함을 보일 때 그럴 것이다. 자녀가 장성해 부모에게 효도할 때가 그럴 것이다. 배우자를 만나는 행복도 충분히 그렇다고 생각한다. 누군가에게는 세상을 뒤바꿀 만한 큰 사건이 될 수도 있고 누군가에게는 지나치는 과정일 수 있다. 하지만 그 작은 과정에 행복을 느낀다면 우리 인생이 더 풍성해질 수 있다.

우리가 행복의 정의를 너무 멀리 두고 그것만 좇아가면 주변의 소소한 행복을 놓치게 된다. 우리가 당장 누릴 수 있는 행복에 시선을 맞추길 바란다. 소심남은 행복을 받아들일 자세가 되어 있는 사람이다. 작은 행복을 느끼는 사람이고 그것이 얼마나 감사한 일인지 알고 있는 사람이다.

우리 안에 더 나은 인생을 꿈꾸는 모든 작업의 시작이 행복을 주변에서 찾는 것이 되길 바란다. 소심남을 통해 행복의 정의가 좀 더 작아지고 좀 더 넓어지길 바란다.

나는 행복한 남자다. 아직 사람들의 눈이 휘둥그레질 정도로 성공하진 못했지만 행복한 가정을 이뤘다. 아내와 두 자녀와 함께 매일 기쁨을 누리는 인생을 살고 있다. 얼마나 감사한가. 아침을 함께 하며 나누는 이야기에 웃음이 떠나지 않고 아내와 손잡고 길을 걷는 것이 행복하다. 커피를 함께 마시며 나누는 이야기가 끝없이 연결된다. 우리는 하루하루 행복한 인생을 쌓아가야 한다.

『세상을 바꾸는 시간 15분』 강연에서 김민식 MBC PD는 이렇게 말했다. "행복은 강도가 아니라 빈도다."

기억해야 할 말이다. 행복의 강도만 좇으면 결코 행복할 수 없다. 빈도에서 행복을 느껴야 한다. 작은 빈도가 잦을수록 더 큰 지진이 온다. 작은 빈도는 큰 사건을 부르는 전조현상이다. 작은 기쁨이 더해지면 큰 기쁨이 온다. 우리가 생각하는 방향이 잘못된 경우가 많다.

앞으로 행복의 빈도에 초점을 맞춰 소소한 행복을 찾는, 기쁨을 누리는 소심남이 되길 바란다. 누리는 자만 더 큰 발전을 할 수 있다. 작은 행복을 누려본 사람이 큰 행복을 끌어들일 수 있다. 만끽할 수 있다.

:

대범의 정의가 바뀌었다

대범은 형용사로 성격이나 태도가 사소한 것에 얽매이지 않으며 너그럽다는 뜻이다. "잘난 아들은 국가의 아들, 돈 잘 버는 아들은 장모의 아들, 못나고 백수인 아들은 내 아들." 요즘 아들들이 살아가는 모습이다. 어머니들이 아들에 대한 기대를 내려놔야 한다는 말이다. 남자의 기대치도 그렇게 받아들이면 좋겠다.

남자라면 대범해야 한다. 그것이 남자의 정의나 마찬가지이던 때가 있었다. 남자는 늠름해야하고 작은 것에 욕심부리지 않아야 하며 국가를 위해 목숨바치고 헌신하는 것이 최고의 미덕이었다. 가정을 포기하는 것쯤은 대범한 이들에게는 아무 것도 아니었다. 성공을 위해 가정이 희생해줘야 한다고 가르쳤고 배워왔다. 우리 어머니들의 인생이 그랬다

전에 직장다닐 때 고참들의 말이 너무 마음에 걸렸다.

"직장에서 성공하고 싶어? 그럼 가정을 포기하면 돼. 가정을 포기하고 직장에 목숨걸면 성공하는 인생이 될 거야."

어린 나이에 취직했던 회사에서 들은 이야기가 너무 충격이었다. 지금 그런 이야기를 하면 돌맞을 이야기일지도 모르겠다. 첫 사회 경험을 쌓기 시작하던 20년 전에는 많은 이들에게 통하는 이야기였다. IMF를 겪고 일하는 것이 얼마나 감사한 일인지 깨닫는 사람들이 너나할 것 없이 하는 이야기이기도 했다. 지금도 일부 통하는 것이기도 하다. 일자리가 부족해 군말 없이 회사에 충성해야 하는 이들에게 그렇게 이야기한다. 회사가 밥먹여준다. 가정에서 보내는 시간보다 회사에서 보내는 시간이 더 많아야 성공한다고 말이다.

나는 인정하기 싫었다. 남자가 쪼잔하게 가정에 얽매이면 큰 일을 못한다며 훈계하는 이야기에 반기를 들고 싶었다. 말단이 쉽게 할 수 있는 말이 아니었다. 그 이야기를 인정하지 않겠다고 속으로만 거절했던 기억이 있다. 소심한 사람들의 과거 전형적인 모습으로 삭혔다.

당시 그 결심이 나의 인생 가치관을 세웠다. 나의 가정상이 설계된 것 같다. 나는 무슨 일이 있더라도 가정이 우선이다. 부부는 하나가 되어야 한다. 자녀와 부대끼며 사는 가정을 이룰 것이다. 인기 있는 아빠가 되기 위해 노력하며 살고 있다. 기러기 아빠는 내 사전에 없다. 아무리 가정이 힘들어도 함께 해야 한다는 절대적 기준을 갖게 되었다. 너무 심한 비약 아니냐며 웃을 수 있겠지만 나는 진심으로 심각하게 결심했다. 내가 꾸리는 가정에는 아무 것도 끼어들 수 없다고 말이다. 우선순위 1번이다.

　가정을 포기하라는 것이 과장된 유머로 들렸지만 당시의 그 분들은 정말 그렇게 살았다. 새벽별 보며 출근하고 달빛 보며 퇴근했다. 집은 옷만 갈아입고 나오는 여관이었다. 주말도 상사의 호출에 항시 대기하는 5분 대기조였다. 자녀가 어떻게 커가는지 볼 수 없을 정도로 일했

다. 특별한 약속이 없는 주말에는 접대로 골프를 쳐야 했다. 그것이 자신의 정체성이 되었다.

대범의 정의를 이상하게 연결짓는 것 같아 조심스럽지만 과거의 잘못된 관행을 고쳐야 한다는 생각에 이야기를 꺼냈다. 대범한 것이 큰일만 꿈꾸는 것은 아니다. 대범은 너그러움의 표현이지 작은 일을 소홀히 하라는 말이 아니다. 우리는 그것을 오해하고 곡해할 때가 많다.

대범하면 작은 것에 소홀하고 큰 것만 좇아가야 할 것만 같다. 허세로 사업하는 분들의 인터뷰를 TV로 본 적 있다. 전에 잘나가던 배우였다. 자신은 사업할 때 품위가 중요했다고 한다. 일단 사업을 시작하면 근사한 사무실에 골프 연습이 가능한 넓은 사장실은 무조건 있어야 한다. 직원들은 10명 정도 세팅하고 사업을 시작했다고 한다. 벌이가 없어도 기본적으로 규모를 갖추고 시작해야 남들 보기에 부끄럽지 않았단다.

매일 회식으로 직원들이 즐기면 일이 잘 될 것이라는 생각에 돈을 아끼지 않았다고 한다. 이렇게 자신의 대범함을 보게 되면 많은 사람들이 일감을 몰아줄 것이라는 생각에 거래처 접대에만 신경썼다고 한다. 그 인터뷰를 보며 너무 안타까웠다. 수차례 사업을 정리하고 이제 찜질방을 전전하며 살고 있는 그의 이야기를 들으며 지금이라도 정신차

렸으면 좋겠다는 생각을 했다.

대범의 정의가 잘못 입력된 사례다. 우리는 남자를 그렇게 틀에 맞추려고 노력한다. 그렇게 살지 않으면 잘못된 것처럼 구속하고 채근한다. 무엇이 옳은가는 나중 일이다. 남자의 틀에 맞춰 뽑아내려는 데 경종을 울리고 싶다.

아닌 것은 아니다. 지금은 세심한 남자가 대세다. 아내에게, 여자친구에게 세세히 신경쓰고 아름다운 언어를 사용하는 달콤한 남자들이 사랑받는 시대가 왔다.

소통 전문가 김창옥 교수의 〈어쩌다 어른〉 프로그램 강연을 봤다. 남자들은 쇼핑을 싫어한다. 함께 가는 것도 힘들어 죽겠는데, 여자 친구는 이렇게 질문한다.

백화점 매장에서 원피스 두 벌을 들고 물어본다.
"자기야~~!! 이 두 개 중에 보라가 나아, 핑크가 나아?"

그 후 남성 패널들에게 질문했다.
"여러분은 이 상황에서 어떻게 이야기하시겠습니까?"

대부분의 남성들이 하는 말은 똑같다.

"응. 둘 다 예뻐."

"네가 입으면 다 이쁘지 뭐."

"두 개 다 괜찮은데."

어떤 말을 해도 답이 아니었다. 일제히 여성 패널을 포함한 여성 방청객들의 야유가 쏟아졌다. 뒷머리를 긁적이는 남성들의 모습이 우리 모습이다. 김창옥 교수가 이어 정답을 알려준다.

"수학공식처럼 그냥 외우면 됩니다."

폭소가 터질 때 다른 팁을 알려준다.

"표정과 말투는 그냥 시크하게 하세요."

"반쯤 눈을 감은 상태에서 이렇게 말하세요. 두 원피스 중 보라색은 젊어보이고, 핑크색은 날씬해보이네."

"와~~!!!"

모든 방청객들이 쓰러지며 박수치고 난리가 났다. 그 자리에 있던 남자들은 배운 것을 써먹겠다고 머릿속에 입력하고 있었고 여성들은 물개박수로 호응했다. 보통 남자들은 지금까지 그런 언어를 사용해본 적이 없다. 이제는 이런 언어를 사용해야 한다고 말한다. 직접적인 사례를 통해 공식처럼 외우라며 던진 한 마디가 나의 뇌리에 박혔다.

아마 그 프로그램을 본 대부분의 남성들이 인생에서 중요한 스킬을 입력했을 것 같다. 물론 똑같은 상황에서 똑같은 말을 사용할 수는 없다. 이젠 누구나 아는 이야기가 되었으니 업그레이드해 쓰지 않으면 바보가 될 수 있다. 조금만 양념을 쳐 사용하면 최고의 스킬이 탄생할 수 있다.

대범의 정의가 이제 바뀌어야 한다. 배우지 못해 그런 언어를 사용하지 못했던 우리 아버지 세대에게 바랄 것은 아니다. 우리가 그런 언어를 배워 여성들에게 사용해야 한다고 말하는 그의 강연을 보면서 대부분의 남성들이 고개를 끄떡였을 것이다. 나도 아내와 함께 보면서 탄성을 질렀으니 말이다.

대범을 정확히 이해하고 정의해야 한다. 대범은 단순히 큰 것이 아니다. 너그러움에 우리의 시각을 맞춰야 한다. 이해하고 배려하고 사랑할 수 있는 차원의 너그러움이 우리의 밑바탕에 깔려 있어야 한다.

그런 대화 코드를 맞추는 사람이 더 큰 사랑을 받을 수 있고 소통할 수 있는 능력자가 될 수 있다. 소통 능력이 뛰어난 여성을 이길 수는 없겠지만 조금만 노력하면 누구나 사용할 수 있는 스킬이 될 수 있다. 사랑받는 사람들에게 표현하는 언어가 대범한 표현이다. 남을 의식하는 모습은 안 된다.

소통의 리더십이 대세가 된 요즘, 우리는 너무 과거의 리더십에만 목을 매고 있다. 이제는 연결하고 이해하고 배려하고 존중하는 리더십을 배워 진정한 대범의 정의를 실현하는 세상을 만들어야 한다. 대범은 관심을 갖고 배려하는 것이다.

Chapter
03

소심疏心 소통하는 마음 疏

1. 소통하다(疏通--) 2. 트이다 3. 드물다 4. 성기다(물건 사이가 뜨다)
5. 깔다 6. 멀어지다 7. 멀다 8. 새기다 9. 상소하다(上訴--; 상급법원에 재심을 요구하다)
10. 빗질 11. 주석(註釋) 12. 채소(菜疏)

단어 뜻 풀이

① 죽은 사람을 위(爲)해 부처 앞의 명부(名簿)에 짓는 글 　② 임금에게 올리던 글

형성문자

踈(소)의 와자(訛字), 疏(소)와 동자(同字). 뜻을 나타내는 동시(同時)에 음(音)을 나타내는 짝필(正
☞ 발→소)部와 물의 흐름을 뜻하는 글자 㐬(류)가 합(合)해 이루어짐. 물이 잘 흐르게 한다는 뜻. 전
(轉)해 잘 통하다(通--)의 뜻

• 소심남의 정의

⋮

소심(疏心)한 남자

경제발전에 힘입어 남녀차별 벽이 많이 무너졌다. 하지만 아직도 가부장적 모습의 남편들이 가끔 보인다. 시대를 거스르는 그들의 행위에 경종을 울리고 싶다. 지금은 소통의 시대다. 페이스북이나 인스타그램과 같은 SNS나 블로그 등 인터넷이나 모바일로 연결되는 사람들의 심리는 소통이다. 소통 부족을 해소할 새로운 방법으로 사용하고 있다.

소통 부족이 가장 큰 공간은 가정 아닐까? 바쁜 스케줄에 가족간 대화는커녕 얼굴을 마주하는 것조차 힘든 시대다. 부부의 하루 대화시간이 평균 15분 내외라니 얼마나 부족한지 알 수 있다.

얼마 전 가족과 외식한 터이 있다. 나와 아내, 딸과 아들 네 식구다.

사이좋게 둘러앉아 메뉴를 주문하고 기다리던 중에 딸과 아들이 그동안 못했던 밀린 이야기를 시작했다. 새소리처럼 재잘재잘대면서 서로 일상을 뽐냈다. 나와 아내는 아이들의 이야기에 집중하고 최대한의 리액션으로 호응하고 있었다. 서로 재미있게 이야기하려고 경쟁했다. 과장을 시도하고 유머를 담아 웃기려고 노력하기도 했다. 이런 대화는 흔한 편이다. 자랑 좀 보태면 아직 그런대로 행복한 가정의 모습으로 소통에 막힘이 없다고 말할 수 있을 것 같다.

우리가 그렇게 대화를 나눌 때 옆테이블에 우리와 같은 연령대의 부부와 비슷한 학년의 아이들이 왔다. 그 가족도 4명이었고, 딸과 아들이 있었다. 오자마자 주문하고 그 가족이 어떤 대화를 나눌지 궁금했다. 예상은 빗나갔다. 4명 각자 스마트폰을 본다. 엄마와 딸은 드라마와 가요 프로그램을 보고 있었고 아빠와 아들은 게임을 즐기고 있었다. 대화하는 모습을 한 번도 못봤다.

'가족이 맞을까?'라고 생각할 정도로 그들은 스마트폰에 집중했다. 먹을 때도 너무 조용했다. 그 가족의 모습을 보면서 안타까웠다. 가정의 대화가 없다는 뉴스도 답답했지만 정작 가족이 만나도 대화할 소재가 없겠다는 것이 느껴졌다. 서로 자신이 좋아하는 것에 몰입할 뿐 대화는 사치인가보다.

소통이 필요하다. 불통의 시대에 우리는 너무 많은 것을 잃었다. 정치에서 경제에서 너무 대화가 없었다. 그러다보니 알아서 뇌물을 주고 받고 알아서 일처리해주고 알아서 돈 떼어먹는 식으로 상대방을 예측하기만 했다. 오해가 생겼다고 나중에 항명하지만 늦었다는 것을 발견하는 것뿐이었다. 이런 불통의 시대는 이제 멈추어야 한다.

가정에서부터 대화를 통해 소통의 문을 열길 바란다.

주변에서 들은 이야기다. 주부들끼리 만나 이야기하는 것 중 하나다. 남편이 지방출장을 가면, 아내는 친구들을 불러 파티를 연다. 남편이 지방 발령을 받으면 함께 따라가는 바보 아내는 없다. 주말부부는 전생에 덕을 많이 쌓은 아내들에게 주어지는 최고의 선물이라고 한다.

그런 의미에서 파티를 하고 축하한다며 선물을 건넨다.

남자들에게 예쁜 아내는 전생에 쌓은 덕의 선물인데 여자들에게 남편의 지방 발령이 그런 의미라는 데 웃기고 슬펐다. 웃프다고 할까? 기러기 가족이 되는 것은 전생에 독립투사였다는 농담도 있다. 너무 불쌍한 현실에 안쓰럽지만, 해결 방법을 찾기는 힘들기만 하다.

부부가 행복하지 않은데 자녀가 행복할 수 있을까? 절대로 그럴 수 없다. 부부이혼율은 세계 최고 수준이고, 청소년자살률과 노인자살률도 세계 1위다. 무엇부터 문제인지 근본을 헤아려보는 작업이 선행되어야 한다. 가정의 소통 부족이 시작점이지 않을까? 조심스럽게 진단해본다.

결혼하고 신혼 기간을 졸업한 후 사랑의 감정으로 사는 것보다 정으로 의리로 살아간다고 한다. 어쩔 수 없어 이혼을 미루는 것이지 사랑이 남아 있어 살아가는 것이 아니라는 설명이다. 너무 불쌍한 가정의 탄생이다. 비극을 설명할수록 답답한 마음이 깊어진다.

이제 바뀌어야 한다. 아내만 바뀌어서 될 일이 아니다. 남편만 바뀐다고 될 일도 아니지만 서로 노력해 가까워지면 얼마나 좋은 일인가. 행복한 가정을 이루는 것이 그리 어려운 일은 아니라는 것을 알았으면 좋겠다.

작은 노력이 소통의 연결고리를 만들어주고 그 고리가 점점 단단해 질 수 있다. 더불어 가정의 천국을 만들 수 있다. 가정의 사례만으로 이 야기가 길어졌지만 가정의 소통 시작이 사회 소통에도 좋은 영향을 미칠 것은 자명한 일이다. 소통에 익숙한 사람들이 만나 불통된다는 것 은 어불성설이다.

소통에 필요한 것은 첫째가 경청이며 둘째가 말하기라고 생각한다. 효과적인 전략에 대해 정리해보자. 먼저 경청의 4가지 단계를 살펴보 자. 고현숙 한국 코칭센터 대표의 한겨레신문 칼럼을 요약, 정리했다.

1. '배우자 경청(Spouse Listening)'이라는 용어가 있다.

TV를 보면서 상대방의 이야기를 듣는 것으로 "좀 조용히해봐", "나 중에 얘기해!" 식으로 종종 말을 가로막는 경청이 배우자 경청이다. 상 대방을 인정하지 않는 모습이다. 우리가 배우자에게 이렇게 대하는 것 이라는 생각에 반성하게 된다.

2. '수동적 경청(Passive Listening)'이다.

상대방에게 집중하거나 공감하지 않고 그냥 말하도록 놔두는 것이 다. 그냥 귀를 놔둔다는 의미의 경청을 뜻한다고 보면 된다. 수동적으로 경청하다면 말하는 사람이 오히려 산만해진다. 인간은 영적 존재 다. 자신의 이야기에 관심을 기울이지 않는 사람을 앞혀놓고 이야기한

다는 것이 자존심 상할 일임을 깨달을 것이다.

3. '적극적 경청(Active Listening)'이다.

상대방에게 집중하고 공감해주는 경청이다. 상대방과 눈을 맞추고 고개를 끄떡이며 "저런!", "그래서 어떻게 되었는데요?" 추임새를 넣으며 듣는다. 적극적으로 경청해주면 말하는 사람은 신나고 더 많은 생각을 얘기하게 되며 존중받는 느낌을 갖는다. 상담하는 사람들에게 중요한 요소로 상대방의 이야기를 제대로 들을 수 있는 단계다.

4. '맥락적 경청(Contextual Listening)'이다.

'말하지 않는 것까지 듣는 경청법(Listen beyond words)'이다. 말 자체가 아니라 맥락 즉 말하는 사람의 의도·감정·배경까지 헤아리며 듣는 것이다. 최고 수준의 경청법이다.

커뮤니케이션 학자들에 의하면 말은 전달하려는 메시지의 7%만 운반할 뿐이다. 나머지 93%의 의미는 음성과 어조, 표정, 제스처 등에 실려 전달된다. 그러니 피상적으로 듣는 것은 거대한 빙산의 일각만 보는 것과 같다.

『세계를 움직이는 리더는 어떻게 공감을 얻는가』의 저자 빌 맥고완은 효과적인 말하기의 7가지 전략을 제시한다.

1. **시작을 장악하라.** 가장 흥미로운 표현으로 시작하지 않으면 사람들은 고개를 돌리고 만다.

2. **영화처럼 말하라.** 눈앞에 시각적 이미지가 생생히 펼쳐지게 하라.

3. **간결하게 줄여라.** 길면 장황해지기 쉽다.

4. **머리보다 먼저 말하지 말라.** 입이 뇌를 추월하면 제어가 불가능하다.

5. **확신있게 말하라.** 말의 속도와 강약, 시선, 몸짓, 어조 등을 적극 활용하라.

6. **상대방에게 집중하라.** 상대방의 말을 귀담아 듣는 표정을 의도적으로 연습하라.

7. 대화의 방향을 바꿔라. 이미 한 말이 마음에 들지 않으면 주제를 바꾸고 화제를 돌려라.

리더의 소통에 대해 이야기한 내용이다. 소통하기 위해 필요한 요소가 있다. 처음 만난 사람들이 아무런 대화 없이 본론으로 들어가는 경우는 흔치 않다. 인간관계 속에서 칭찬은 서로에게 윤활유를 칠해주는 역할을 한다. "인류 역사는 인정 투쟁의 역사다." 독일 철학자 헤겔의 말이다. "칭찬은 고래도 춤추게 한다."라는 말처럼 리더는 칭찬하는 사람이어야 한다. 칭찬의 3법칙에 대해 알아보자.

첫째, '공개적으로' 칭찬해야 한다.

모든 사람이 보는 앞에서 해주는 칭찬이 최고의 칭찬이다. 따로 불러 "너만 믿는다"라고 말하는 것은 안하는 게 낫다. 공개적 칭찬의 의미는 "나는 누구든지 이와 같이 하면 똑같이 칭찬해주겠다"라는 의도의 전달이다. 모두에게 그렇게 공정히 칭찬하겠다는 선포나 마찬가지다.

둘째, '구체적으로' 칭찬해야 한다.

구체적이란 수치와 고유명사가 반드시 들어가는 것이다. "OOO 과장이 OOO 고객과 OOO 금액을 체결했습니다."처럼! 이것을 모든 사람이 보는 앞에서 해주면 효과는 극대화된다. 두루뭉술 칭찬해주는 것은 별 효과가 없다. 구체적 사실을 적시해주는 것이 제대로 된 칭찬이다.

셋째, '즉각적으로' 칭찬하라.

칭찬받을 일을 한 직후에 칭찬해주면 뇌에 저장된다. "아, 내가 이런 식으로 하니까 칭찬받는구나. 앞으로도 이렇게 하면 되겠구나." 이것이 바로 뇌과학자들의 연구결과다.

[출처 : 김형철 연세대 철학과 교수. 칭찬의 3법칙]

『대통령의 글쓰기』의 저자 강원국 작가의 책을 읽으면서 많은 깨달음이 있었다. 대통령과 같은 리더들의 말은 어떤 식으로 정리되고 배울 수 있는지 궁금하던 중에 그 책을 보면서 많은 깨달음을 얻은 기억이 있다.

"말하는 것이 사람의 기본이라면 말을 잘하는 것은 리더의 기본이다."

"생각이 빈곤하면 말도 빈곤하다."

"말도 잘하고 일도 잘하는 사람이 지도자다. 그런데 말만 잘하고 일은 못하는 사람이 있는가? 그동안 외교무대에 나가서 선진국 지도자들을 보니 말을 못하는 지도자가 없더라."

"말은 사상의 표현이다. 사상이 빈곤하면 말도 빈곤하다. 결국 말은 지적능력의 표현이다."

"말을 잘하는 것과 말재주는 다른 것이다. 국가 지도자의 말은 말재주 수준이 아니라 사상의 표현이자 철학의 표현이다. 가치와 전략, 철학이 담긴 말을 쓸 줄 알아야 지도자가 되는 법이다."

마음만 품고 있으면 안 된다. 표현하고 소통해야 한다. 그런 기본적인 자세가 뒷받침되어 발전에 더 힘쓰는 것이 필요하다.

소통에는 경청과 말하기가 있다. 2가지가 따로 떨어져 기능하지 않는다. 서로 연결되고 상호보완하는 것이다. 2가지가 소통의 핵심임을 기억하고 배우고 노력해야 한다. 만나는 사람들과의 소통에 정성을 기울일 때 진정한 소심(疏心)남이 될 수 있다.

• 소심疏心한 남자의 인생 이야기

⋮

이성과 대화

남자와 여자는 다르다. 유명한 스테디셀러 『화성 남자 금성 여자』에서 말하듯이 남녀는 다른 행성에 사는 사람들이다. 전혀 다른 세계를 살아온 그들이 만났는데, 아무 탈 없이 무난히 만나고 행복하게 살 것이라는 생각은 너무 어리석다. 차이만큼 서로에 대한 이해를 위해 노력하지 않으면 아무런 발전도 기대할 수 없다.

남자와 여자는 몇 가지 특성이 다르다. 대표적인 것 몇 가지만 이야기한다.

남자는 상대방을 경쟁 상대로 여긴다. 능률적이어야 하며 효율을 따지는 데 익숙하나. 사람미디 성취욕이 다르지만 대부붕 남자들은 성취하는 데 존재감을 느낀다. 성취는 곧 자신의 능력을 나타내는 지표이기 때문에 목숨거는 일도 비일비재하다. 스포츠에 남성들이 열광하는 이유다. 다른 사람들에게 '역시 대단해, 최고야, 능력이 출중하다' 등의 이야기를 듣는 것을 최고의 칭찬으로 생각한다. 다른 사람들을 짓밟는 것을 타고났다고 표현해도 별로 기분 나빠하지 않는다.

남자들은 미리 움직이는 것을 좋아하지 않는다. 특별히 고장나지 않았다면 고치지 않는 습성이 있다. 원래 상태 그대로가 가장 좋은 상태다. 움직이면 귀찮다. 안 해도 될 일을 하는 것은 효율을 추구하는 인생에서 어울리지 않는다. 혼자 해결하는 것이 가장 좋다. 괜히 남의 이야기 들어봤자 내 자존심만 상한다고 생각한다. 운전 중 길을 묻지 않는 전형적인 사례가 여기에 해당된다. '내 스스로 해결하면 될 것을 굳이 물어봐야 하는가?' 자존심이 허락하지 않는다. 남자의 자존심을 꺾으면 화가 난다.

반면, 여자는 관계중심적이다. 관계를 통해 상대방과 대화하는 것을 즐긴다. 새로운 사람을 만나 이야기하는 것이 자연스럽다. 자신의 존재를 드러내는 것은 많은 사람들과 소통할 때다. 대화를 통해 사랑을 확인하고 문제를 해결하는 것을 즐긴다. 관심받기를 원하며 자신을 이해해주는 사람에게 호감을 갖는다. 여자들과 대화할 때는 '너를 좋아해, 사랑해, 너는 나에게 소중한 사람이야' 등의 언어가 필요하다.

여자들은 괜찮은 상태가 좋은 상태는 아니다. 개선할 수 있는 길이 있다면 지금 당장 움직여야 한다. 고장난 후 움직이는 것은 이해할 수 없는 행동이다. 좋은 생각이 있거나 더 나은 상태로 만들 수 있다면 변화해야 한다. 주변에 조언을 구하고 다른 사람에게 조언하는 것도 좋아한다. 관계중심적인 여자들의 특성이다. 문제가 생겼을 때 머리를 맞대고 함께 해야 더 나은 아이디어가 발견될 수 있다는 생각이 지배적이다. 물론 대화로 말이다. 문제 해결을 위해 의사소통은 항상 이뤄져야 한다. 관계 중단을 죽는 것보다 싫어한다.

이렇게 너무나 다른 남자와 여자가 서로 깊이 이해하지 못하고 사랑이라는 마취제로만 평생을 살아갈 수 있다는 착각을 버려야 한다. 서로 이해하고 노력하고 연습해야 한다. 나와 다른 만큼 새로 배워가는 기쁨을 누려보자.

부부가 되어보니 혼자일 때와 전혀 다른 인생이 펼쳐진다는 것을 알게 되었다. 아직 배워가는 중이어서 완성된 모습은 아니지만 여러 강의와 책을 보며 행복한 가정이 어떻게 이뤄지는지 공부하고 있다. 안개가 조금씩 걷히고 있다.

그 중 모든 가정의 필독서로 추천하고 싶은 책이 있다. 게리 채프먼의 『사랑의 5가지 언어』다. 사랑의 다양한 정의와 구체적 사례를 늘어

이야기한다. 결혼 전에 불타던 사랑이 결혼 후 갑자기 사라지지 않지만 그 사랑을 지속하기 위해 사랑의 언어를 배우고 사용해야 한다. 유아의 언어를 버리고 성인 언어를 사용해야 하는 것과 같다.

사람들이 보편적으로 사용하는 사랑의 언어는 5가지다. 인정하는 말, 함께 하는 시간, 선물, 봉사, 스킨십이다. 사랑하는 사람과 원만히 관계하기 위해 '사랑의 언어'를 이해해야 한다. 모든 사람은 사랑받고 사랑하기를 원한다. 모든 사람이 원하는 바지만 각자 성격과 생김새가 다르듯 사용하는 사랑의 언어도 다르다. 사랑에 빠져 구름 위를 걷는 듯한 느낌은 영원하지 않다. 일시적으로 감정이 고조된 상태일 뿐이다. 이것을 평생의 감정으로 착각하는 사례가 많다. 이성과 감성이 적절히 유지되는 사랑이 필요하다. 사랑에는 노력과 훈련이 필요하다. 사랑은 감정이 아닌 행동이고 실천이다.

자신이 사랑받고 있다고 느끼는 것은 각자 다르다. 언어가 통하지 않으면 커뮤니케이션이 되지 않는다. 다른 언어를 사용하는 이들이 서로를 위해 사랑을 표현하지만 정작 받는 사람이 그 언어를 이해하지 못하면 아무 소용 없다. 서로 채워지지 않는 사랑으로 인해 힘들어하고 고통스러워한다. 5가지 언어에 대해 알아보자.

첫째, '인정하는 말'이다.

칭찬과 사랑의 언어를 통해 사랑을 느끼는 사람들이 사용하는 언어다. 모든 사람은 인정하는 말을 좋아하지만 특히 자신의 사랑의 언어가 '인정하는 말'이라면 상대방이 상처주는 말에 더 크게 상심하고 아파할 수 있다. 칭찬은 고래뿐만 아니라 사람도 춤추게 한다.

둘째, '함께 하는 시간'이다.

상대방에게 집중해 함께 있는 시간을 많이 가져야 사랑받는다고 느끼는 것을 말한다. 함께 하는 시간을 공유하지 못할 때 더더욱 애정결핍을 느끼는 사람들이 있다. 바쁜 남편을 둔 아내들이 힘들어하는 이유다. 함께 하는 시간이 짧을수록 자신이 사랑받고 있지 않다고 생각하게 된다. 그들을 위로하고 짬을 내서라도 함께 시간을 보내는 데 힘써야 한다.

* 함께 하는 시간에 대한 2가지 견해가 있다.

1. 진정한 대화를 나누는 방법이 있다.

　1) 시선을 상대방에게 고정하는 것은 기본 중 기본이다.

　2) 대화와 동시에 다른 일을 하지 말아야 한다.

3) 상대방의 감정에 주의를 기울인다.

4) 보디랭귀지 살피기(언어로 전달하는 것보다 비언어로 전달하는 것이 더 중요하다.)

5) 상대방의 이야기 가로막지 않기(끼어들기는 운전할 때만 나쁜 것이 아니다.)

2. 함께 하는 활동 - 함께하는 시간을 보내는 방법에 활동이 필요한 사람들이 있다. 함께 운동하거나 쇼핑하거나 공원을 산책하는 등의 방법이 있다.

셋째, '선물'이다.

상징적 의미를 지닌 물건을 통해 사랑을 확인받는 것을 의미한다. 상대방이 준 선물을 특별히 기억하고 간직하는 사람들은 '선물'이 사랑의 언어일 확률이 높다. 가치가 크든 작든, 비싸든 싸든 중요한 것은 전달하는 선물에 담긴 마음이다. 선물을 준비한 그 마음이 함께 전달될 때 사랑의 언어가 채워진다는 것을 기억하자.

넷째, '봉사'는 파트너가 원하는 것을 해주는 것이다.

요리, 식탁정리, 설거지, 청소, 옷장정리, 거울닦기, 신발정리 등 노력과 수고가 필요한 일이다. 여기서 의무적이거나 억지로 하는 봉사는 해당되지 않는다. 마음이 우러나는 봉사가 진정한 사랑의 언어다. 행복한 마음으로 시작한 봉사가 진정한 사랑을 표현할 수 있다.

마지막으로 '스킨십'은 신체적 접촉을 통해 사랑을 느끼는 사랑의 언어다.

사람들은 신체의 민감한 부분을 만지는 감각을 통해서 사랑을 느낄 수 있다. '신체 접촉'이 사랑의 언어가 아닌 사람들은 스킨십을 유난히 피할 수 있다. 대부분의 남성들이 해당된다고 할 수 있지만 각자 다르다. 스킨십 언어 사용에는 특별히 주의해야 한다. 부부가 아닌 이성과의 접촉에는 많은 의무와 도덕이 뒷받침되어야 한다.

이렇듯 사랑하는 방법을 배워야 한다. 평생 공부가 필요한 이유다. 서로 사랑하지만 제대로 된 사랑의 언어를 파악하지 못하고 일방적인 나의 사랑의 언어만 표현했을 때 잘못된 방향으로 왜곡될 수 있다. 내가 상대방에게 어떤 부탁을 자주하는지, 어떤 방식으로 사랑을 표현하는지 관찰해야 한다. 상대방이 요청하는 것도 그렇다. 자주 요청하는 것은 그만큼 내가 채워주지 못하기 때문일 확률이 크다.

나의 사랑의 언어를 발견하는 3가지 방법을 소개한다.

1. 배우자가 당신에게 깊은 상처를 주는 것은 무엇인가?

– 그와 정반대되는 것이 바로 당신의 사랑의 언어일 수 있다.

2. 당신이 배우자에게 가장 많이 요구하는 것은 무엇인가?

– 그것이 바로 당신이 가장 많이 사랑을 느끼는 것일 수도 있다.

3. 당신은 배우자에게 사랑을 어떻게 표현하는가?

– 그것이 바로 당신이 사랑을 느끼는 것일 수도 있다.

지금까지 소통하는 방법에 대해 알아봤다. 제대로 된 소심(疏心)남이 되기 위해 이성과 지내는 방법을 이해하고 노력하는 수고를 아끼지 말자. 나의 언어를 알고 상대방의 언어를 알면 사랑의 언어를 통해 더 행복한 관계를 맺을 수 있다.

만날 때마다 하면 좋은 말 25가지 ♡

1. 상대방의 걷잡을 수 없는 분노를 가라앉히는 말 : 미안해
2. 겸손한 인격의 탑을 쌓는 말 : 고마워
3. 상대방의 어깨를 으쓱하게 하는 말 : 잘했어
4. 화해와 평화를 부르는 말 : 내가 잘못했어
5. 쑥쑥 존재감을 키워주는 말 : 당신이 최고야
6. 상대방의 기분을 '업' 시키는 말 : 오늘 아주 멋져보여
7. 더 나은 결과를 이끌어내는 말 : 네 생각은 어때?
8. 든든한 위로의 말 : 내가 뭐 도울 일 없어?
9. 상대방의 자신감을 하늘 높이 치솟게 하는 말 : 어떻게 그런 생각을 다 했어?

10. 열정을 샘솟게 하는 말 : 나이는 숫자에 불과해

11. 상대방의 능력을 200% 이끌어내는 말 : 당신을 믿어

12. 용기를 키우는 말 : 너는 할 수 있어

13. 부적보다 큰 힘이 되는 말 : 너를 위해 기도할게

14. 충고보다 효과적인 공감의 말 : 잘되지 않을 때도 있어

15. 돈 한 푼 들이지 않고 호감을 사는 말 : 너와 함께 있으면 기분이 좋아져

16. 자녀의 앞날을 빛내는 말 : 네가 참 자랑스러워

17. 반복되는 일상에 새로운 희망을 선사하는 말 : 초심으로 살아가자

18. 환상의 짝꿍을 얻을 수 있는 말 : 우리는 천생연분이야

19. 다시 일어설 힘을 주는 말 : 괜찮아. 잘 될 거야

20. 상대방의 가슴을 설레게 하는 말 : 보고 싶었어

21. 배우자에게 보람을 주는 말 : 나는 당신밖에 없어

22. 상대방을 특별한 사람으로 만들어주는 말 : 역시 너는 달라

23. 상대의 지친 마음을 어루만져주는 말 : 그동안 고생 많았어

24. 인생의 새로운 즐거움에 눈뜨게 해주는 말 : 한 번 해볼까?

25. 백 번, 천 번, 만 번 들어도 기분좋은 말 : 사랑해

⋮

긍정의 힘(회복탄력성)

'회복탄력성'이라는 말이 있다. 위키백과에 나온 내용이다.

회복탄력성은 'resilience'의 번역어다. 심리학, 정신의학, 간호학, 교육학, 유아교육, 사회학, 커뮤니케이션학, 경제학 등 다양한 분야에서 연구되는 개념이며 극복력, 탄성, 탄력성, 회복력 등으로 번역되기도 한다.

회복탄력성은 크고 작은 다양한 역경과 시련과 실패를 도약의 발판으로 삼아 더 높이 튀어오르는 마음의 근력을 의미한다. 물체마다 탄성이 다르듯이 사람마다 탄성이 다르다. 역경으로 밑바닥까지 떨어졌다가도 강한 회복탄력성으로 되튀어오르는 사람들은 대부분 원래 위치보다 더 높이 올라간다.

　지속적인 발전을 이루거나 큰 성취를 이룬 개인이나 조직은 실패나 역경을 딛고 일어선 공통점이 있다. 불행한 사건이나 역경에 어떤 의미를 부여하느냐에 따라 불행해지기도 하고 행복해지기도 한다. 세상일을 긍정적인 방식으로 받아들이는 습관을 들이면 회복탄력성은 놀랍게 향상된다. 회복탄력성이란 인생의 밑바닥에서 바닥을 치고 올라올 수 있는 힘, 밑바닥까지 떨어져도 꿋꿋이 다시 튀어오르는 비(非)인지 능력이나 마음의 근력을 의미한다.

회복탄력성이 있다면 인생을 성공적으로 살아갈 수 있다. 회복탄력성을 통해 사회 부적응자의 인생에서 벗어나 제대로 된 시민으로 성장할 수 있다. 우리가 살아가는 세상에서 더 나은 인생으로 거듭나기 위해 사회적 단절에서 벗어나야 한다. 이것이 소통의 일부다.

김주환 교수의 『회복탄력성』을 보고 많은 배움을 얻었다. 필독서 리스트의 상위를 차지하는 책이다. 부제는 '시련을 행운으로 바꾸는 유쾌한 비밀'이다. 제목과 부제처럼 어떤 방향으로 인생을 설계하고 이겨내야 하는지 비밀을 알려준다. 더 큰 성장을 맛보려는 이들에게 추천하고 싶다. 책의 이야기를 모두 할 수는 없지만 정리하며 나누고 싶다.

떨어져본 사람만 올라갈 방향을 알고 추락해본 사람만 다시 튀어 올라가야 할 필요성을 절감하듯 바닥을 쳐본 사람만 다시 높이 날아오를 힘을 갖게 된다. 이것이 바로 회복탄력성이다.

하와이군도 카우아이 섬 종단 연구를 진행한 워너 교수는 회복탄력성 개념을 확립했다. 그가 40년에 걸친 연구를 정리하면서 발견한 회복탄력성의 핵심 요인은 결국 인간관계였다.

어려운 환경 속에서도 꿋꿋이 제대로 성장해나가는 힘을 발휘한 아이들이 예외없이 지닌 공통점이 발견되었다. 그 아이의 입장을 무조건 이해해주고 받아주는 어른이 적어도 한 명은 있었다는 것이다. 엄마였든 아빠였든, 할머니, 할아버지, 삼촌, 이모이든 그 아이를 가까이서 지켜봐주고 무조건적인 사랑을 베풀어 아이가 언제든지 기댈 언덕이 되어준 사람이 적어도 한 명은 있었다.

회복탄력성이 높은 사람들은 실수를 두려워하지 않으면서도 자신의 실수에 대해 스스로 민감하게 알아차리는 뇌를 지닌 사람들이다. 실수해도 실수로부터 피드백 받아 적극적으로 받아들이는 습관이 있는 뇌를 지닌 사람들이다. 반면, 회복탄력성이 낮은 사람들은 실수를 지나치게 두려워한다. 실수는 덜 하지만 정작 실수했을 경우 그들의 뇌는 민감하게 반응하지 않는다. 실수를 적극적으로 모니터링하고 받아들이기보다 억누르고 무시하려는 무의식이 작동한다고 해석할 수 있다.

한 마디로 회복탄력성이 높은 사람들은 자신의 실수에 대해 더 긍정적인 태도를 지닌 사람들이다. 그들의 뇌는 습관적으로 더 과감하고 도전적이어서 항상 새로움을 추구한다. 자신의 실수에 예민하게 반응하되 실수를 두려워하지 않는 것이 회복탄력성이 높은 긍정적인 뇌의 특징이다.

결국 자신의 존재를 긍정적으로 인정하고 지지하는 사람이 있었느냐 여부에 따라 회복탄력성은 극과 극으로 치우치게 된다. 우리가 특정인을 지지하고 인정하는 모습이 필요한 이유다. 현 시대는 다른 사람을 인정하기보다 헐뜯고 단점을 파헤치고 자존감을 짓밟아가고 있다. 자신의 존재 자체에 의심을 품다가 결국 자살로 마감하는 아이들과 장년, 노년이 늘어나는 것이 너무 안타깝다.

자신을 인정해주는 단 한 명만 있었다면 자신의 생명을 스스로 마감하는 불행한 일은 없었을 것이다. 우리 시대에 필요한 회복탄력성을 이야기하면서 긍정적인 후원자의 힘을 배우게 된다. 끝까지 믿고 지켜봐주는 사람이 있느냐 없느냐에 따라 인생의 성공과 실패는 갈린다.

성공의 크기가 크든 작든 그것은 중요하지 않다. 제대로 된 가치관을 갖고 살아가는 자존감 있는 사람인지 아닌지가 중요하다. 우리 인생에서는 경쟁사회이고 서로 짓밟아야 한다고 가르치지만 결국 소통하는 사람을 통해 긍정의 마음을 배우고 회복탄력성을 발전시켜 나갈 수 있다.

소통하는 시대에 긍정 마인드를 갖춘 사람으로 성장해 세상에 더 좋은 에너지를 제공하는 사람들이 늘어나길 소망한다. 끝까지 지지하는 한 명의 역할을 나누고 지지자로 살아가는 인생에 우리가 나설 때가 되었다.

소통하는 소심남을 통해 세상에 좋은 회복탄력성을 가진 사람들이 늘어나길 바란다. 긍정적인 마인드로 사람들에게 힘을 주고 서로 배려하고 소통하는 사회가 되길 기도한다.

극복하는 힘, 역경과 시련을 이겨내는 힘이야말로 긍정의 힘과 뗄 수 없는 관계다. 많은 책에서 긍정적으로 생각하라고 말하고 인생을 즐기라고 이야기하지만 말처럼 쉽게 그런 인생을 사는 사람이 많지 않은 것이 현실이다. 갈수록 팍팍해지는 삶에 우리는 '헬조선'이라는 용어를 사용한다. 결혼도 포기하고 직장도 포기하고 출산도 포기하는 온갖 종류의 포기가 많다.

누군가 말한다. 포기는 배추 셀 때나 쓰라고 말이다. 긍정적인 생각을 나누고 서로 돕고싶어하는 노력이 제대로 전달되길 바랄 뿐이다. 나도 긍정적인 인생을 살아가는 사람이다. 가능하면 부정적으로 이야기하거나 부정적인 생각을 하는 사람을 멀리하고 있다. 사람은 영향을 받기 마련이다. 긍정적인 사람을 지인으로 두면 자신의 마인드도 바뀐다. 반대로 부정적인 사람으로부터는 부정의 기운을 받는다.

말의 힘에 대해 이야기하는 실험과 강연, 책이 쏟아지고 있다. 지금도 베스트셀러를 보면 말에 대해 이야기한 책이 상위권을 차지하고 있다. 모든 사람이 말에 대한 긍정적인 영향력을 알고 있지만 실천하고 있지는 않다. 말에 대해 인식을 바꿔야 하는데 아직도 부정의 구렁텅이에서 빠져나오지 못하는 이들을 볼 때 안타깝기만 하다.

긍정적인 생각으로 우리를 일깨우고 말을 통해 선포하고 행동으로 열매를 맺기를 바란다. 긍정의 마음이 있는 소심남을 통해 우리 사회의 좋은 기운을 전하는 사람들이 늘어나길 바란다.

⋮

리액션은 사람을 살린다

오래 전 우리 동네에는 하루도 쉬지 않고 두부를 팔러오는 80세 할아버지가 계셨습니다. 그 할아버지는 이른 아침 항상 자전거를 타고 호루라기를 불며 신선한 두부를 팔러왔음을 알렸습니다.

그 날도 어김없이 호루라기를 불던 할아버지는 그만 자전거에서 중심을 잃고 쓰러졌습니다. 자전거에 실려있던 두부도 땅에 떨어져 흙투성이에 일부는 깨지고 말았습니다.

이때 지나가던 아주머니가 재빨리 할아버지를 일으켜 세웠습니다. 아주머니는 항상 이 할아버지로부터 두부를 사던 분이었습니다. 할아버지는 항상 고마운 이 아주머니에게 말했습니다.

"미안하지만 오늘은 다른 데서 두부를 사셔야겠어요."

그러자 아주머니는 활짝 웃으면서 대답했습니다.
"할아버지, 괜찮으니 두부 두 모만 주세요. 항상 할아버지 것만 먹었는데 흙이 좀 묻었다고 다른 두부를 먹을 수는 없잖아요. 할아버지의 두부가 최고거든요."

할아버지는 그러지 않아도 된다고 몇 번이나 손을 내저었지만 아주머니의 막무가내로 결국 두부를 팔았습니다. 이 광경을 지켜본 다른 사람들도 두부를 사려고 한바탕 소동이 벌어졌습니다. 할아버지의 눈에는 어느새 눈물이 가득 고였습니다.

〈따뜻한 하루〉에 나오는 데일리 메일의 내용이다. 아주머니의 적절하고 친절한 리액션이 할아버지의 눈물을 고이게 만들었다.

리액션은 상대방을 행복하게 만드는 열쇠라고 생각한다. 리액션에 따라 당사자의 가치가 결정된다. 나 혼자 잘났다고 아무리 떠들어도 반응하는 사람이 없다면 무용지물이다. 단 한 명이라도 나를 인정해주고 지지해줄 때 빛나는 것이다. 이처럼 리액션은 방송에서만 사용하는 단어가 아니다. 일상에서 소통하는 마음으로 익혀야할 기술 중 하나라고 본다.

방송계에는 '유느님'이 존재한다. 방송인 유재석을 높여 부르는 말이다. 국어사전에도 등재된 단어임을 볼 때 그 의미가 일회용으로 만들어진 휘발성 단어는 아닌 것 같다. 아무리 생각해도 대단한 사람이 분명하다.

유느님 - 유재석+하느님

방송에서 남을 웃기기 위해 예능인이 존경받는다는 것은 과거에는 상상할 수 없던 일이다. 뭔가 깔보게 되는 직업군이었다고 할까? 개그맨을 모두 폄하해 생각하던 시대가 있었다. 영화배우나 드라마 배우들도 악역을 맡았을 때 진짜 범인으로 오해하는 경우도 있었다. 물론 과거 일이다.

이제 그런 시대는 지났다. 방송과 현실을 구별하게 되었다. 방송에서 얼마든지 포장하더라도 실생활에서 스캔들이 터지면 철새들처럼 팬들은 미련없이 떠난다. 자신의 사생활이 거의 오픈된 시대에 자칫 실수하면 바닥을 칠 수 있는 곳이 방송계다. 타의에 의한 은퇴가 이뤄질 수 있는 무서운 곳이다. 그런 곳에서 스캔들 없이 10년 넘도록 최고의 자리를 지키는 유재석이 대단하다는 데 많은 이들이 공감한다. 볼수록 대단하다.

유재석 / 사진 Tenasia

현재는 자신의 역할에 최선을 다하고 겸손한 마음을 유지하는 사람에게 매력을 느끼게 된다. 방송인 유재석의 몸값이 비싼 이유가 있다. 그의 인기는 시간이 지날수록 더 올라가는 것 같다.

유재석이 출연하는 방송에 어떻게든 얼굴을 비치고 싶어하는 톱스타들이 줄을 섰다. 그와 나누는 인터뷰 한 번으로 인생을 바꾸는 방송인들도 많다. 모 연예인들은 함께 프로그램하면서 유재석의 추종자임을 자처한다.

유재석의 몸값이 비싼 이유를 설명하는 김미경 강사의 강의를 들었다. 이유는 간단했다. 리액션이 좋단다. 너무 간단한 대답이었지만 그를 분석한 내용은 그리 간단하지 않았다.

유재석은 옆 사람을 세워주기 위해 부단히 노력한다. 항상 최고의 것을 뽑아내려는 그 노력에 사람들이 반응하고 웃어주면 자신도 모르게 그에게 끌린다는 것이다. 반응이 자연스러워 어색하지 않다. 일부러 오버하지도 않는다. 출연자의 장점을 잘 살려주고 그들의 이야기나 행동에 항상 반응해준다.

가끔 상대방을 향한 과한 리액션을 하는 그의 모습을 보고 있노라면 존경심이 생길 수밖에 없다. 어린아이부터 노인까지 그를 인정하고 치켜세우는 이유가 있다. 사람들의 작은 순간을 놓치지 않고 지켜본 사람의 장점을 칭찬하고 치켜세워준다.

그는 리액션 수업을 따로 만들어도 좋은 노하우를 갖고 있다. 세상 많은 사람들이 듣기보다 말하기를 좋아한다. 자신의 이야기를 하고 싶어하고 자랑하고 싶어한다. 모두 그렇다. 그들의 마음을 제대로 읽어주고 반응해주는 사람에게 마음을 열 수밖에 없다.

자신을 인정해주는 사람에게 목숨거는 남자, 자신을 사랑하는 사람에게 모든 것을 허락하는 여자. 남녀 모두 반응에 주목한다. 말하는 것보다 더 중요한 리액션이 우리 삶의 최고의 스킬로 발전되길 바란다.

내 이야기를 해봐야겠다. 나는 남자다. 군대를 3년 동안 다녔다(?). 의심의 눈초리를 거두기 바란다. 병역특례업체에서 군복무를 내체해

3년간 산업체 근무를 했다. 대체근무를 하면서 그 기간을 채우면 복무기간을 인정해주는 제도다. 당시 복무기간은 2년 2개월 정도로 기억하는데 그들보다 10개월 더 근무했다. 중간에 훈련소에 입소해 4주간 훈련을 받는 것은 다를 바 없었다. 훈련을 마친 후 다시 회사에 복귀하는 것만 다를 뿐이다.

약점으로 생각하지는 않지만 경험이 없다. 군대이야기를 할 것이 없다. 4주 훈련 기간을 갖고 해병대 출신보다 더 떠들어대는 사람도 있겠지만 나는 그 정도로 뻔뻔하지는 않다. 그래서 군대 이야기가 나오면 다른 사람의 이야기를 들어주는 편이다. 할 말이 없으니 들어주는 것밖에 할 일이 없다. 가끔 리액션 좀 해주고 '그래요?'라면서 맞장구쳐주는 것이 전부다. 말 많던 내가 그렇게 이야기를 들어주니 사람들이 신기했을 것 같다. 군대는 나를 약하게 만들고 오히려 리액션에 집중하게 만들어준다.

나는 현재 로스터리 카페를 운영하는 중이다. 손님의 90% 이상이 주부다. 여자들은 만나 무슨 이야기하는지 아는가? 남자들이 군대이야기로 밤을 샌다면 여자들(주부들)은 출산과 양육 이야기로 밤을 샌다. 노소를 막론하고 모두 통한다. 그것이 여자들의 군대이야기다.

출산의 방법인 제왕절개냐 자연순산이냐에 따라 계급이 나뉜다. 마치 해병대냐 방위냐의 차이와 같다. 일단 애낳는데 고통이 심할수록, 통증의 시간이 길수록 이야기는 비례해 많아진다. 세 쌍둥이를 자연출산했다면? 장교급이다. 요즘 의학기술로 쌍둥이가 많이 태어난다는 말 때문인지 장교급들은 대우가 남다르다.

나는 카페에서 주부들의 출산 이야기도 들어준다. 직접 낳지는 않았지만 나도 두 아이를 낳는 현장에서 목격하고 들은 것이 있으니 리액션 정도는 잘할 수 있다. 그런 리액션 때문인지 주부들이 나와 이야기하는 것을 별로 어렵지 않게 생각한다. 가끔 나를 동성으로 생각하는 것이 단점이지만 그저 편하단다.

아이 낳은 이야기, 키우는 이야기 들어주고 호응해주고 리액션해주는 것이 전부다. 그 간단한 리액션 덕분에 나는 인기 카페 주인이 되었다. 너무 감사하다.

리액션의 중요성을 이야기할 때 공통적으로 유머가 떠오른다. 필수요소라고 생각한다. 해충박멸회사의 게시판은 유명연예인못지 않은 호응으로 인기를 누리고 있고 따로 게시판 운영자를 두고 있다. 게시판을 통해 회자되고 더 많은 사람들에게 언급되는 것은 마케팅비용을 따로 들이지 않고 더 많은 홍보를 하는 방법이 되었다. 유명한 내용들이 많지만 몇 가지를 추려본다.

"바퀴벌레를 먹는 것이 문제는 없나요?"

"바퀴벌레는 고단백질이지만 병원균이 많아 사전처리를 잘하고 드셔야 합니다."

"국회에 우글대는 해충은 어떻게 퇴치합니까?"

"저희는 처음 보는 해충인 만큼 샘플을 채취해 보내주시면 현미경 등 각종 장비로 분석해 박멸법을 개발해보겠습니다."

"나는 안드로메다에서 온 우주인인데요. 우리 집에 가려면 몇 번 버스를 타야 되죠? 도와줘요..."

"오실 때 탄 버스를 타고 가세요. 길 건너 타시는 거 잊지 마세요."

– 빅데이터 경영 4.0, 라온북, 방병권, p.295~296

사람들은 리액션에 굶주려 있다. 작은 반응에 열광하고 더 많은 사람들에게 퍼나르기 시작한다. 이런 반응들이 선순환되어 더 많은 사람들에게 알려지고 해당 회사는 좋은 이미지를 가지며 발 벗고 홍보를 자처하는 착한 고객들을 두게 된다.

식품의약품안전처는 2016년 12월 24일 6개월 이내에 술을 마셔본 적 있는 사람 중 66.1%가 혼술 경험이 있다고 답변했다고 발표했다. 그 원인으로는 1인가구 증가에 있다고 한다. 1인 가구 비율은 1990년 102만

가구에서 2015년 520만 가구로 전체 가구 중 27.2%를 차지한다고 한다.

– 빅데이터 경영 4.0, 라온북, 방병권, p.295~296

소통에 굶주린 시대, 외로워 혼자 밥먹고 혼자 술먹고 혼자 반려견을 키우는 사람들에게 리액션을 통해 사람살이의 기쁨을 나눌 수 있다고 생각한다.

자살률이 급증하는 이유 중 하나도 자신의 이야기를 들어줄 한 명이 없어서다. 그 한 명만 존재하면 자살률 1위 오명을 다른 나라에 넘겨줄 수 있다. 리액션이 필요한 이유라고 말하고 싶다.

사람을 살리는 리액션을 통해 우리는 소심(疏心)남이 되어야 한다. 더 나은 세상에 일조하는 인생으로 거듭날 수 있다. 훌륭한 소통의 조건인 리액션을 통해 성장하고 매력을 높이는 방법을 배워야 한다.

Chapter
04

소심少心 졆은 마음 少

少

1. 적다, 많지 않다 2. 작다 3. 줄다, 적어지다 4. 적다고 여기다, 부족(不足)하다고 생각하다
5. 젊다 6. 비난하다, 헐뜯다, 경멸하다(輕蔑——) 7. 빠지다
8. 젊은이, 어린이 9. 버금(으뜸의 바로 아래), 장에 버금가는 벼슬에 붙이는 말
10. 잠시(暫時), 잠간, 조금 지난 후

회의문자

작을 소(小 ☞ 작다)部와 丿(별)의 합자(合字). 작은 물체의 일부분(一部分)이 떨어져나가 적어지는
모양을 본뜬 글자로「적다」를 뜻함. 小(소)는 작다는 뜻과 적다는 뜻의 양쪽을 나타냈으나 나중에 小
(소 ☞ 작다)와 少(소 ☞ 적다)를 구별(區別)하기 위해 한 가운데의 갈고리 궐(亅 ☞ 갈고리)部와 나
눔을 나타내는 八(팔)을 합(合)해 물건(物件)을 작게 나누다의 뜻을 가짐. 小(소)는 작다와 적다의 2
가지 뜻을 나타냈으나 나중에 小(소 ☞ 작다)와 少(소 ☞ 적다)를 구별(區別)해 음(字形)을 조금 바꾸
었음. 少(소)가 붙어야 할 말을 小(소)로 쓰는 일이 많은 것은 원래 한 글자였기 때문임.

⋮

소심(少心)한 남자

젊다는 것은 무엇을 의미할까? 사전적 의미를 찾아봤다.

젊다[형용사]

    1. 나이가 한창 때다.

    2. 혈기 따위가 왕성하다.

    3. 보기에 제 나이보다 적은 듯하다.

나는 '젊다'는 의미를 어떻게 느끼는지 생각해봤다.

첫째로 생각나는 단어는 도전이었다.

둘째는 젊은 생각이었다.

셋째로는 행동이 떠올랐다.

어떤 내용이든 젊음은 새로운 것에 대한 도전이고 행동으로 옮기는 것이라고 생각한다. 나이가 많아 노인이 되는 것이 아니다. 생각이 멈추거나 정지되어 있으면 아무리 어린 사람도 노인 대접을 받을 수밖에 없다. 나도 동의한다. 젊음을 외모로만 판단하는 것은 낮은 수준의 이해라고 생각한다. 나이를 떠나 얼마나 젊은 마음으로 행동으로 옮기며 도전하는지를 보면 젊음을 짐작할 수 있다. 나이를 넘어서는 젊음이 판단잣대가 되었으면 좋겠다.

소심을 뜻하는 말 중 이번 장에서는 젊은 마음을 말하고 싶다. 세상을 살아가는 현실을 보며 안타까운 마음을 주체하지 못할 때가 있다. 새로운 시도가 자연스러운 어린 학생들의 마음에 도전이라는 단어가 사라지는 것을 볼 때 특히 그렇다. 도전보다 안정을 찾아 헤매는 청춘들에게 안타까움을 느낀다. 도전의 다른 시도는 익숙한 것에서 떠나는 것이라고 생각한다. 일화가 있어 옮겨본다.

익숙한 것에서 벗어나야 성장한다

옛날에 새끼 매 두 마리를 선물로 받은 왕이 얼마 지나지 않아 고민에 빠졌다. 한 마리는 잘 나는데 다른 한 마리는 날지 못하고 잔뜩 겁만 먹은 채 나뭇가지 위에서 덜덜 떨고만 있었다. 왕은 용하다는 의사를 불러 매를 진찰해보았지만 새끼 매는 나뭇가지 위에서 날아오를 생각

조차 하지 않았다.

왕은 전국에 방을 붙여 새끼 매를 날게 할 묘안을 백성들에게 구했다. 그때 한 농부가 나타나 단번에 문제를 해결했다. 놀란 왕은 물었다.

"어떻게 매를 날게 만들었느냐?"
농부는 답했다.
"어려운 일은 아니었습니다. 항상 앉던 나뭇가지를 잘라버렸을 뿐입니다. 매는 자기 자신에게 날개가 있다는 것을 깨닫고 날기 시작했습니다."
우리도 날개가 있다. 우리 안에 숨겨진 날개 또는 보이지만 아직 직다고 쓸 수 없다고 생각하는 그 날개를 사용하고 도전해야 한다. 날개의 용도가 분명히 존재하는데도 아직 사용할 수 없다고 버티는 매와 다를 바 없는 모습이다.

많은 청소년들의 장래 희망조사에서 매번 공무원이 상위권을 차지한다. 선택 이유가 사람들에게 봉사하고 싶어서라거나 나라를 운영하는 행정을 통해 세상을 변화시키겠다는 원대한 꿈이 있는 것이 아니다. 단순히 안정적으로 돈을 벌 수 있다는 것이 가장 큰 이유다. 꿈이 현실적이니 세상을 잘살겠다고 칭찬하고 싶어지기보다 그들의 도전 제로 정신에 한숨이 나오는 상황이다. 꿈조차 현실에 매어 더 이상 발전을 꿈꾸지 못한다는 것이 씁쓸하다. 내 스스로 쳐놓은 벽이 앞으로 나아가지 못하게 만드는 현실이다.

돈 버는 것이 인생에서 가장 큰 목표이고 꿈이 되어버린 현 세상이 안타깝다. 세상을 향한 도전을 멈추지 않는 것이 진정한 젊은 마음 곧 소심이라고 생각한다. 나이를 떠나 현 위치에 안주하지 않고 노력하고 도전하는 것이 매우 중요하다. 어린 친구들의 좌절에 활기를 넣어주고 싶은 마음이 가득하다.

개인적으로 예능프로그램을 좋아한다. 그 중 무한도전을 즐겨보는 편이다. 유재석을 필두로 멤버들이 새로운 도전을 멈추지 않는 모습을 보면서 감동을 받은 적이 많다. 자신의 한계를 뛰어넘어보겠다는 그 절박한 의지로 많은 사람들에게 용기와 희망을 주는 프로그램이다. 예능이면서도 감동을 주니 놓치지 않고 보기 위해 노력한다. 나이가 들어가고 있는 멤버들이 끝까지 포기하지 않는 도전에 박수 보내고 있다. 더불어 나도 용기를 얻고 있다. 그들은 진정한 소심남이다. 도전하는 젊은 마음 때문에 그렇게 생각한다.

우리 세상에도 무한도전 멤버들처럼 삶에 기죽지 않고 도전하는 사람들이 끊임없이 나오길 바란다. 나이만 젊어 젊은이라고 불리는 것이 아닌, 마음의 나이가 젊은 분들께 불러주고 싶은 이름이다. 그것이 진정한 소심(少心)남이라고 생각한다. 진정한 젊은 마음이다.

우리의 상황을 낭떠러지로 밀어내야 할 때가 있다. 현재 상황이 좋다고 멈춰 있다면 상황은 발전할 수 없다. 익숙한 것은 고인 것과 다를 바 없다. 고인 물은 썩는다. 유연성을 발휘해야 하고 새로운 것으로 채워야 한다. 강물이 항상 신선한 것은 항상 새로운 물을 위로부터 받아들이기 때문이다.

야구에서 2루로 진루하기 위해서는 1루를 떠나야 한다. 1루에 발을 두고 묶여 있으면서 2루에 가겠다고 생각만한다면 아무 결과도 얻을 수 없다. 발을 떼어야 한다. 1루에서 벗어나 2루로 뛰어야 한다. 그것이

도전이고 소심이다. 젊은 마음이 곧 도전이다.

익숙한 상황에 멈춰 있다는 것은 더 이상의 성장을 포기한 것이다. 포기하는 순간부터 밑으로 처지게 되어 있다. 자연의 순리다. 수많은 경쟁자들은 오늘도 나보다 더 많은 노력을 기울이고 있다. 그들은 지금도 피땀흘려 달리고 있다. 자신과의 싸움에서 지는 것은 멈추는 것이고 익숙한 것만 고집하는 것임을 잊지 말자. 익숙한 것과의 작별을 통해 성장할 수 있는 첫 발을 내딛게 된다. 그 첫 시작이 어색할 수 있지만 그 시작을 통해 높은 곳으로 향하는 날개짓을 펼칠 수 있다.

멈추지 말자. 우보만리 牛步萬里 (우직한 소처럼 천천히 걸어서 만 리를 간다.)라는 말처럼 끊임없는 노력으로 하루하루 성장하고 성숙해지는 것이다. 소심남의 역할이 도전하는 젊은 마음이다.

:

순수한 마음

젊은 마음을 표현하는 데 초심이 해당한다고 생각한다. 자신의 살아온 역사가 아무리 뛰어나더라도 초심을 잃은 자는 더 이상 위대한 사람이 아니다. 자신의 길의 본질을 깨닫고 그렇게 하루하루 살아가는 인생만큼 의미 있는 인생이 또 있을까?

스페인의 위대한 첼리스트 파블로 카잘스를 이야기해보고 싶다. 명예를 높이고 존경받는 삶이 익숙한 그다. 그런 카잘스는 노년에 들어서도 "자신의 생애에 은퇴라는 말은 없다."라고 말했다. 가치 있는 일에 흥미를 잃지 않고 정진할 수 있는 것은 노화를 막는 최고의 약이라고 생각했다.

95세의 카잘스에게 기자가 물었다.

"선생님께서는 역사상 가장 위대한 첼리스트로 손꼽힙니다. 그런 선생님께서 아직도 매일 6시간씩 연습한다고 들었습니다. 이유가 무엇입니까?"

카잘스가 대답했다.

"지금도 연습을 통해 조금씩 나아지고 있네."

위대한 첼리스트의 역사에 오른 인물이 초심을 잃지 않고 노후에도 손에서 첼로를 놓지 않는 그 열정은 진정한 젊음을 유지한 청춘의 인생이라고 말하고 싶다. 자신의 인생에 계속 도전하고 싶은 그 정신을 높이 사는 이유다. 카잘스의 이름이 반열에 오른 이유라고 생각한다.

세상에서 끝까지 초심을 지킬 수 있는 사람이 과연 몇 명이나 될까? 범인들이 쉽게 행할 수 있는 길은 아닌 것 같다. 카잘스는 초심을 지키고 끝까지 연습하는 것을 멈추지 않았다. 매일 나아지기 위해 연습하는 그 인고의 시간을 이겨냈다. 자신의 커리어에 최고는 죽는 날까지 새로 써야 한다는 그 마음이 잘 표현된 일화다. 그를 존경하는 수많은 음악가들과 우리가 배워야 할 점이다.

우리는 초심을 너무 쉽게 잊고 산다. 학생 시절의 순수함은 어른이 된 후 버려야 하는 것이 되었다. 풋풋했던 사회 초년생은 연륜이 쌓일수록 약삭빠른 사람이 되어버린다. 그래야만 회사에서 살아남는다. 가슴 설레는 신혼의 모든 일들은 중년 이후 사라진다. 사랑보다 의리로 살아가는 부부의 모습이 중년의 삶이 되었다. 모두 그런 것은 아니지만 나이가 들고 시간이 흐르면서 순수한 마음은 점점 퇴색되어버린다.

소심남의 마음에 초심과 더불어 순수한 마음이 필요하다고 말하고 싶다. 순수한 생각으로 아이들과 눈높이를 맞출 수 있는 사람이라면 해당되는 인물상 아닐까?

우리가 사는 세상이 생각 속도를 넘을 만큼 빠르게 변하지만 진리는 크게 변하지 않는다. 진리는 단순하지만 자주 변하지 않는다. 그것을 이해하는 진정성이 필요하다.

수천 년 전 위대한 철학자들의 이야기와 깨달음이 아직 남아 우리에게 영향을 미치는 이유는 초심과 순수한 마음이라고 생각한다. 초심을 잃지 않고 근본으로 돌아가려는 그 순수한 마음의 연결이 수천 년이 흐른 지금도 우리에게 느껴지는 것이라고 말이다. 그들은 사람들이 사랑하고 살아가는 일들의 근본을 헤아리기 위해 지켜보고 관찰했다. 순수한 배움을 얻기 위한 그들의 투자가 전 인류가 이해할 수 있는 진리를 발견하는 길이었다.

초심에 대해 많은 이야기가 있지만 우리가 살아가는 세상에서 필요한 절대적 요소임은 분명하다. 순수한 마음을 가진 사람만 지킬 수 있는 그 마음이 소심남들에게 필요하다. 어린이의 순수한 아이디어가 세상을 바꾸는 발명품이 되고 아이들의 뜬금없는 소원이 더 나은 세상을 만들어냈다.

꿈꾸고 세파에 물들지 않은 사람들이 더 각광받는 이유가 바로 그것이다. 순수한 마음을 가진 사람들이 세상에 더 나은 선물을 할 수 있다. 때묻지 않았던 모습으로 돌아가야 한다고 생각한다. 세상이 우리를 물들게 한다. 더러운 것으로 어두운 것으로 말이다. 하지만 그것에 무릎 꿇지 말고 순수함을 잃지 말고 앞으로 나아가길 바란다.

세상을 향한 한 발의 전진이 우리의 인생을 바꿀 수 있다. 답답하고 막막한 세상에 순수한 마음의 소심남들이 늘어 세상에 대한 편견을 극복하고 밝은 이야기들을 많이 만들어내길 바란다. 우리가 해야 할 일이다.

인정과 신뢰

조선 후기 현종 때 명의이자 우의정을 지낸 허목과 학자이자 정치가 송시열의 일화다. 둘은 당파로 인해 서로 원수처럼 반복하고 있었다.

그러던 중 송시열이 중병을 얻게 되었다. 많은 약을 써보았으나 별 효과가 없었다.

송시열은 오직 허목만 자신의 병을 고칠 수 있다면서 아들을 허목에게 보내 약 처방을 부탁했다. 그런데 허목은 처방한 약재에 독약을 함께 달여 먹으라고 했다. 처방전 이야기를 듣고 사람들은 허목을 욕했지만 송시열은 허목의 처방대로 의심 없이 약을 먹었다. 그리고 얼마 뒤 씻은 듯 병이 나았다.

서인 송시열과 남인 허목은 조정에서 만날 때마다 다른 의견으로 다툼과 대립을 했지만 조정에서 물러나면 서로의 훌륭한 점을 인정하고 믿어주는 성품과 아량을 지녔다.

이 이야기를 들으며 믿는 마음, 순수한 마음이 떠올랐다. 상대방을 인정하는 마음, 상대방의 실력을 믿는 마음, 제대로 된 처방을 할 것이라는 순수한 마음의 시작이 병을 낫게 한 원동력이라고 생각한다.

우리가 마음을 지켜야 하는 많은 이유 중 하나는 의심이라고 생각한다. 세상을 향한 의심, 사람을 향한 의심이 더해져 점점 속이는 세상이 되었다. 믿고 믿어주는 그 순수함은 더 이상 찾을 수 없을까? 우리 시대에 순수한 마음의 소심남을 통해 믿어주는 사람들이 많아져 정의로운 사회를 만들길 소원한다.

누구나 좋아하는 사람이 되시길

그리우면 그립다고 말할 줄 아는 사람이 좋고

불가능 속에서도 한 줄기 빛을 보기 위해 애쓰는 사람이 좋고

다른 사람을 위해 호탕하게 웃어줄 수 있는 사람이 좋고

옷차림이 아니더라도 편안함을 줄 수 있는 사람이 좋고

부모형제를 끔찍이 사랑할 줄 아는 사람이 좋고

바쁜 가운데서도 여유를 누릴 줄 아는 사람이 좋고

어떠한 형편에서든 자신을 지킬 줄 아는 사람이 좋고

노래를 잘하지 못해도 즐겁게 부를 줄 아는 사람이 좋고

어린 아이와 노인들에게 좋은 말벗이 될 수 있는 사람이 좋고

책을 가까이 해 이해의 폭이 넓은 사람이 좋고

음식을 먹음직스럽게 잘 먹는 사람이 좋고

철따라 자연을 벗삼아 여행할 줄 아는 사람이 좋고

손수 따뜻한 커피 한 잔을 탈 줄 아는 사람이 좋고

하루 일을 시작하기 전 기도할 줄 아는 사람이 좋고

다른 사람의 자존심을 지켜볼 줄 아는 사람이 좋다

– '좋은 글' 모음 중에서

⋮

나는 로맨스 가이

남녀 사이에는 건널 수 없는 강이 존재한다. 항상 폭이 변하는 강이다. 여자의 마음에 따라, 남자의 컨디션에 따라 강의 폭이 좁아졌다 넓어질 뿐 절대로 만나지는 않는다. 적정한 거리를 두고 유지하는 것이 우선이지만, 마음대로 되지 않는 것이 이성관계일 것이다. 알다가도 모르고 모르다가도 알 듯한 것이 이성의 마음이다.

이성을 안다고 모든 것이 해결되지는 않는다. 어떤 노력이 가미되느냐에 따라 유지가 쉬울 수도 어려울 수도 있다. 서로 노력이 필요하다. 남자 입장에서 해볼 만한 팁 몇 가지를 알아보자.

〈좋은 연애연구소〉 김지윤 소장의 강의를 동영상으로 보게 되었다.

재미있는 강의 내용에 웃음지었지만 내용에서 무릎을 칠 때가 한두 번이 아니었다. 남녀의 언어가 다르다는 것과 본질이 다른 것을 인정하고 서로 이해한다면 더 좋은 연애를 할 수 있다는 이야기가 핵심이었다.

쇼핑 사례 이야기가 인상적이었다. 남자들에게 쇼핑은 이렇다. 여자친구와의 쇼핑 스트레스 = 전쟁에서 총알을 피하는 스트레스와 같다고 한다. 죽을 만큼 두렵고 힘든 일이다. 자신의 여자친구를 위해 쇼핑이라는 전쟁터에 나가지만 언제 폭발할지, 언제 총알을 맞을지 몰라 두려운 그 심리가 대부분 남자들의 심리다.

남성의 쇼핑은 목적이 있고 목적을 성취하면 곧바로 끝난다. 뒤돌아 볼 것도 없다. 목적 완수는 곧 미션 완수다. 반면, 여성의 쇼핑은 다르다. 화장품을 사러 가 가방을 보고 구두를 신어보며 핸드백을 골라본다. 목적과 다른 곳에서 엄청 시간을 보낸다. 남자 입장에서 이해되지도 않고 이해할 수도 없다. 황당하기 짝이 없다.

분명히 화장품 사러 간다고 했는데 2시간째 핸드백을 고르고 있다. 화장품이 주 목적인데 왜 자꾸 다른 곳에서 시간을 보내는지 도무지 이해할 수 없다. 수상하지만 언제 총알받이가 될지 몰라 나서지는 않는 그 모습이 남자의 속마음이다. 2시간 동안 아무 것도 안 사고 구경만

하며 백화점을 세 바퀴 돌아본 나도 그 기분을 안다.

남자는 구매 목적을 달성하고 다음 시간으로 놀기를 원한다. 여자는 구매 목적과 놀이가 함께 한다. 완전히 다른 방향으로 쇼핑을 이해하는 그 차이를 줄일 수 없다. 이로 인해 다툼이 생기고 고통스러운 시간이 지속되는 것이다. 쇼핑에서 틀어진 이성들이 많을 것 같다. 위기의 순간을 이겨낸 훌륭한 남자들에게 박수를 보낸다.

로맨스 가이가 되기 위해 배워야 할 스킬이 무수히 존재하지만 그 중

상위를 차지할 수 있는 쇼핑 팁을 배워두는 것도 나쁘지 않다. 여성의 놀이에 호응해주는 것이 기본이다. 하루 정도 호응하고 자신이 좋아하는 게임을 함께 하자고 제안하자. 전쟁터에서 살아남길 간절히 기도해본다.

소통 부재는 많은 남자들의 문제다. 이성과의 소통은 물론이고 세대 간의 소통에도 문제가 많다. 그래서 나이들수록 꼰대 소리를 듣는 가 보다. 나도 매사 조심한다고 하는데 쉽게 고쳐지지는 않는다. 잔소리가 늘어난다. 대화하는 데 문제가 있다보니 그런 종류의 책을 자주 읽곤 한다.

이성과의 대화를 통해 세상을 더 넓게 바라봐야 한다. 소통은 이 시대에 필요한 덕목이 되었다. 필수 요소다.

김지윤 소장의 다른 강의 중 '이 세상 모든 여성과 대화할 수 있는 마법의 5가지 단어'에 대한 짧은 강의를 봤다. 세상 모든 남자들에게 주는 꿀팁이라고 할까? 여자심리를 너무 모르는 남자들에게 소통 공식을 알려준 것이다. 외우라고 말해주고 싶다.

'진짜?, 정말?, 웬일이야~, 헐~, 대박!'
이 마법의 단어를 여자친구의 말 끝부분에 호응하는 식으로 넣어보라는 것이다. 예를 들어본다.

"오빠, 오늘 버스 안에서 영희를 만났어."
"진짜?"
"그 애랑 너무 오랜 만에 봤는데, 정말 많이 변했더라."
"정말?"
"성형 엄청 했더라고."
"웬일이야."
"돈 좀 들인 것 같아."
"헐~"
"지방 흡입도 한 것 같던데."
"대박!"

이렇게 대화가 이어진다. 공식처럼 넣어보면 나머지는 여자친구가 알아서 진행한다. 상황에 맞는 호응으로 로맨스 가이의 끝판왕에 도전해보는 것도 나쁘지 않을 것 같다. 그렇게 이어지는 대화 속에 남성은 인기남이 되어간다.

나는 여기에 2가지를 추가하고 싶다. '우와~~!!', '그래서?'

'우와'는 반응을 나타내는 '헐'과 비슷하게 쓰이지만 긍정적이고 환호하는 리액션을 나타낸다. '그래서'는 잘 사용해야 한다. 삐딱하게 고개를 돌리면서 '그래서?'라고 끝을 올리면 안 된다. 그 순간 관계는 끝난다. 조심하기 바란다. 잘못 사용하면 시비거는 것으로 비춰질 수 있다. '그래서'는 그윽한 눈으로 더 듣고 싶다는 느낌의 부드러운 억양으로 사용해야 한다. 안 되면 쓰지 말라. 마법의 5가지 단어로 계속 돌려막기 하는 것이 지겨울 때 한 번씩 사용하면 그만이다.

여성들의 대화는 일상적으로 논리적이지 않다. 여성들은 그냥 이야기한다. 논리의 개연성도없고 밑도 끝도 없다. 그냥 하는 말이다. 나오는 말에 계속 이어 한다고 생각하면 된다. 남자가 이해하려고 해봤자 안 된다. 공감이 가장 중요하다. 위에 소개한 7가지 팁을 적절히 사용할 것을 권한다.

대화할 때 여성과 남성의 관점이 상당히 다르다는 것을 알 수 있다. 과거를 더 집중해 생각하고 초점을 맞추는 여성에 비해 남성은 현재에 초점을 맞추는 경우가 많다. 모두 해당한다고 할 수는 없지만 대부분 남녀의 관점은 이렇게 차이가 난다. 상황에 맞는 대화를 통해 감각을 익힌다면 진정한 로맨스 가이가 될 수 있다.

그래서 여성들의 기억력이 좋은 것이다. 남성 기억력의 한계를 초월한다. 모르는 것을 인정하고 그랬을 것이라고 존중해줘라.

심리학자 존 가트맨(John Gottman) 박사는 9년 동안 부부 수백 쌍의 일상생활을 녹화하고 대화를 분석했다. 그 결과, 성공적인 결혼생활을 한 부부들은 대화나 다툼을 할 때 자신의 실수를 흔쾌히 인정하는 경향을 보였다. 반면, 결혼생활에 실패한 부부들은 상대방을 비난하고 결코 지지 않기 위해 지루한 싸움을 벌였다. 재미있는 점은 성공한 부부나 실패한 부부 모두 싸움을 많이 했다는 것이다. 결국 중요한 것은 자주 싸우느냐 아니냐가 아니라 '어떻게 싸우느냐', '상대방을 인정하는 태도가 있느냐'였다.

– 인류 최고의 설득술 PREP, 김은성, 쌤앤파커스, P.140

모든 부부는 싸운다. 안 싸우는 부부는 거의 없다. 그 정도로 흔한 싸움에도 기술이 필요하다. 상대방의 인격을 무시하는 발언으로 상황을 키워봤자 본인 손해만 막심하다. 아물지 않는 상처를 남길 수도 있다. 소심남의 자격 요건 중 로맨스를 꼽는 이유가 있다. 싸움에도 기술을 익혀야 한다고 말하고 싶다. 상대방을 인정하고 그들을 위해 배려하는 마음을 통해 로맨스 가이의 자세를 배우길 바란다.

전에 책에서 읽은 내용이다. 기억을 더듬어본다.

남자들은 힘들 때 지갑에 넣고 다니는 아내와 자녀 사진을 보면서 힘을 얻는다고 한다.

'여우 같은 마누라, 토끼 같은 자식을 위해 살아야지. 뭔들 못하겠나. 내가 힘을 내야지.'

반면, 아내들은 힘들 때 가족사진을 보면서 이렇게 말한다고 한다. '내가 이것들도 사람 만들었는데 뭔들 못하겠나. 내가 힘을 내야지.'

남녀의 다름이 이렇게 천지차다. 로맨스 가이가 되어 그 차이를 줄여 보자.

[호감 있는 사람들의 25가지 유형]

1. 균형 잡힌 '손익계산' 센스가 있는 사람
2. 상황 판단을 잘하는 사람 – 상황 분석력과 사람에 대한 통찰력이 있는 사람
3. 재미있는 에피소드가 많은 사람
4. 자진해 책임을 떠맡을 정도의 기량이 있는 사람 – 위기에 강한 사람
5. 일을 긍정적으로 생각하고 행동할 수 있는 사람
6. 술자리를 동시에 해도 즐거운 사람
7. 금전관계가 분명한 사람
8. 남의 아픔을 아는 사람
9. 자신을 객관적으로 바라볼 수 있는 사람
10. 남에게 공격적이지 않은 사람 – 관대한 사람
11. 부화뇌동하지 않는, 자신의 확고한 가치를 가진 사람
12. 순간적인 감정으로 행동하지 않고 말과 행동에 일관성이 있는 사람
13. 선물을 적절히 주고 적절히 받기를 잘하는 사람
14. 인생이 드라마 같은 사람
15. 문제처리를 잘하는 사람
16. 여행이나 파티를 잘 추진하고 진행하는 사람– 잘 노는 사람

17. 동성이든 이성이든 호감을 느끼는 대인관계의 달인

18. 다수파뿐만 아니라 소수파의 가치도 인정하는 사람

19. 직장에서 주위의 신뢰를 받는 사람

20. 시대감각이 뛰어난 사람

21. 아름다운 것을 즐길 줄 아는 사람

22. 돈이나 시간을 여유 있게 쓰는 사람

23. 마음이 자상하고 힘을 가진 사람

24. 건전한 무용담을 가진 사람

25. 옆에 있으면 무슨 일이든 잘 된다는 생각이 저절로 들게 만드는 사람

⋮

운동으로 몸을 관리하라

우리는 바쁘다. 항상 시간이 부족하고 피곤하다. 공부할 시간도 운동할 시간도 없을 정도로 바쁜 인생에 자꾸 뭘 하라고 시키는 것이 귀찮기만 하다. 왜 사람들은 바쁘게 살아야 한다고 말하고 시간을 더 쪼개 쓰라고 하는지 이해할 수 없었다. 나도 이해 못하는 사람 중 하나였다. 과거에는 집에 가서 그대로 뻗어 다음날 아침까지 정신줄을 놓은 적도 있고 주말에는 거의 떡실신이 되어 하루가 어떻게 갔는지 알 수 없는 상황이 되기도 했다.

매일 똑같은 생활 속에서 운동이 필요하다는 생각을 하고 결심했다. 그 후 오랫동안 실천해온 운동이 있다. 10년 이상 수영을 했다. 기간만 따지면 15년이 넘지만 중간에 쉰 3년을 빼면 12년 정도 수영한 셈이다.

수영하면서 많은 변화를 느꼈다. 몸이 좋아지는 것은 물론 생활의 활력을 얻었다. 사람들이 왜 운동을 권하는지 깨달았다. 자신감도 상승한다.

인터넷에 보니 수영을 1년 내내 해야 하는 5가지 이유를 보게 되었다. 덧붙여 내가 생각하는 장점을 정리해보았다.

1. 육상운동보다 쉽고 효과적이다.
2. 스트레스를 줄인다.
3. 심장에 좋다.
4. 고령자에게 적합하다.
5. 만성질환 개선에 도움이 된다.

나는 여기서 말하는 장점에 몇 가지를 더하고 싶다.

6. 날씨에 구애받지 않는다.
비가 오나 눈이 오나 자외선이 많든 적든, 미세먼지가 서해에서 넘어오든 말든 상관할 필요가 없다. 실내수영장 강습이 대부분이기 때문에 날씨 걱정으로 운동을 쉬어야 할 이유가 없다. 수영장까지 가는 길에 고민은 조금 있을지 모르지만 수영을 배우는 데는 지장이 없다. 천재지변 외에는 괜찮다.

7. 매일 몸무게를 잴 수 있다.

나이가 들어서도 20대의 몸매를 유지하는 유명배우들이 많다. 그들의 공통점 중 하나는 몸무게를 아침, 저녁으로 재는 것이라고 한다. 매일 자신의 몸무게의 기준점을 확인하고 조절하려고 노력한다. 덕분에 하루 과식했더라도 다음날 조심하게 된다. 항상 적정 몸무게를 인식하고 있다는 것은 몸의 변화에 민감하다는 것이다. 나는 수영장에서 2번씩 잰다. 물에 들어갈 때, 나올 때.

1시간 동안 운동을 많이 하면 700g이 빠진다. 거의 운동을 안하고 놀다나오면 100g이 늘어나 있다. 아마도 수영장 물만 마시다 오나보다.

8. 매일 샤워는 필수

당연한 이야기다. 매일 샤워가 당연한 시대가 되었지만 아직도 물값 걱정에 샤워를 미루는 사람들이 있다고 한다. 수영장 입수 전후에 샤워하면서 자신의 몸을 청결하게 유지할 수 있다. 세월이 흐를수록 몸에서 냄새가 난다니 매일 샤워로 몸의 불결한 냄새를 제거해보자.

9. 양보의 미덕

무슨 이야기인지 궁금할 것이다. 10년 넘게 수영하다보니 깨달은 것이다. 양보가 사라진 사회가 되었다고 한탄하며 쓴 글들이 넘치는 것을 발견했다. 나도 그 무리 중 하나지만 양보를 미덕으로 여기기보다 남을 짓밟고 위로 올라가는 것을 가르치는 가정과 사회가 되어버렸다.

안타깝다. 나 외의 모두를 경쟁자라고 가르친다.

수영장에서는 배려하는 마음과 인성을 배울 수 있다. 수영장에서 강습할 때 순서대로 수영한다. 가장 실력이 뛰어난 사람들이 앞자리를 차지하고 자신의 실력에 맞게 자신의 위치를 찾아간다. 그 위치를 누군가가 결정해준 것은 아니지만 자신의 역량을 알고 있는 사람들이 자연스럽게 자리를 찾아간다. 물 흐르듯이 순서에 맞게 줄을 서면 자신의 운동량이 딱 적당하다. 강습 중에 자신보다 뒤에 있는 분이 실력이 뛰어나다는 것을 깨닫게 되면 바로 앞자리를 양보한다. 앞에서 하라고

길을 터준다. 어떤 때는 너무 과하게 양보해 서로 팔을 잡아당기기도 한다. 부담스러운 양보를 배우고 싶다면 수영장에서 목격해보라. 재미 있다.

운전할 때 자신의 앞으로 끼어들기 하면 목숨걸고 따라가 해코지하는 사람들이 있는데 수영장에서는 서로 양보를 못해 안달이다. 이런 유쾌하고 배려하는 운동이 얼마나 좋은지 배웠으면 좋겠다.

10. 저렴한 비용

다른 의견이 있을 수도 있다. 수영이 비용이 적게 든다는 말에 거부감도 있겠지만 개인적으로 지출을 경험한 바에 따른다. '가장'이라는 단어를 빼고 저렴하다는 말로 대체해야겠다. 수영은 장비가 많이 필요하지 않다. 수영복, 수영모자, 물안경, 세면도구 등이 필요하다. 경우에 따라 상급자들은 오리발을 사용하기도 한다. 비싼 것까지는 필요없다.

전체적인 비용은 다른 장비가 많이 필요한 운동보다 싸다. 고급수영복이 가장 비싸겠지만 매일 갈아 입고 매달 바꿔입는 사람들을 제외하면 별로 비싸지 않다. 물안경도 한달 쓰고 버릴 것이 아니다. 오래 쓸 수 있다. 유지비용은 엄청 부담스러울 정도가 아니다. 저렴하다고 생각한다.

11. 생존을 배우는 수영

요즘 생존수영이라는 수영 강습이 있다. 초등학교 학생들에게 가르치는 수영법으로 물에 빠졌을 때의 대처법을 알려준다. 물에 빠져 목숨이 위태로운 경우는 많지 않겠지만 위기에 대처할 능력이 있는 상태에서 맞는 위기는 충분히 이겨낼 수 있다. 자신을 보호하는 데 투자하는 것은 아까운 것이 아니다. 수영을 배우면 생존력을 높이는 능력이 생긴다.

12. 넓은 어깨

나는 어좁이였다. 어깨좁은 남자를 일컫는 말이다. 어린 시절 별명도 모여라 꿈동산, 대두장군, 성냥개비, 면봉, 옷걸이, 얼큰이 등이다. 성냥개비를 생각해보면 이해하기 쉽다. 나무 위의 빨간 부분은 머리를 연상시킨다. 좁은 어깨를 설명할 때 어깨가 거의 없다는 의미로 불리는 별명이다.

어깨는 나의 콤플렉스였다. 좁은 어깨 때문에 상대적으로 더 크게 느껴지는 머리 사이즈. 나의 약점이었고 남들 앞에서 조금은 부끄러운 모습이었다. 소심해지는 원인이었다고 고백해야겠다. 어머니는 내 티셔츠 목 부분이 늘어나는 것이 스트레스였단다. 벗기기도 힘들고 입히기도 힘든 시절이 있었다.

지금도 머리가 크지만 머리 크다는 놀림은 전보다 조금 덜 받는다. 어깨를 자주 사용하다보니 조금 넓어졌다. 아내도 인정한다. 수영 초기에 결혼했고 수영을 안 하던 청년 시절부터 나를 봐왔으니 확실히 검증해줄 사람이다. 샤워하고 밖으로 나와 가슴근육을 한껏 자랑하고 있었다.

"요즘 수영 안 빠지고 열심히 했더니 가슴이 좀 나왔지?"
한껏 자랑했다. 별 말없이 지켜보던 아내가 갑자기 한 마디한다.
"사람됐어~."
"응? 무슨 말이야?"
"어깨가 생겼어, 사람됐어."
"맞아. 그렇지?"
라면서 웃었던 기억이 있다.

운동을 통해 몸이 만들어진다. 자신감이 생긴다. 헬스로 복근을 만들고 이두박근, 삼두박근을 만들어 남들에게 보여주려는 것 말고 생존운동을 통해서도 나만의 콤플렉스를 충분히 이겨낼 수 있다.
수영에는 수많은 장점이 있다. 모든 운동이 마찬가지겠지만 운동의 필수 조건은 끈기라고 생각한다. 오래 지속하는 것이 필요하다. 젊음을 유지하는 법칙 중 하나는 운동이고 그 운동을 꾸준히 오래 하는 것이다.

몸 관리가 중요하다. 출세든 가정의 화목이든 모든 인생사의 밑바탕에는 건강이 있다. 건강을 유지하고 젊음 상태를 유지하는 것의 기본은 운동이라는 것을 기억하자. 자신 있는 운동 한두 가지는 있어야 진정한 소심(少心)남이라고 생각한다.

나도 조기축구, 휘트니스, 스쿼시, 탁구 등을 해봤지만 지금까지 유지하고 있는 운동은 수영뿐이다. 가끔 축구도 하고 다른 운동도 즐기지만 수영만큼 오래 하지는 못했다. 운동을 통해 자신을 가꾸는 사람들이야말로 젊음을 유지할 수 있다.

> 운동하면 신경화학물질 세로토닌, 도파민, 노르에피네프린의 생성을 증가시키는데 이 신경화학물질들은 집중력, 뇌의 각성 상태, 기분 전환을 통한 학습의 긍정적 태도 증가, 인내심과 자제력 등을 높이는 역할을 한다.
>
> – 완벽한 공부법, 고영성, 신영준, 로크미디어, P.289

인지심리학자 아서 크래머의 노인 대상 연구에서도 뇌건강에 가장 큰 호전을 가져다주었던 운동은 근력강화운동이 아닌 유산소운동이었다. 학습의 최적화된 운동은 유산소운동이라고 추론할 수 있다. 운동은 몸만 튼튼히 만드는 것이 아니다. 뇌도 튼튼히 만든다. 소심남의 올바른 몸과 정신을 가질 수 있다.

소 심 揀心 공경하는 마음 揀

1. 공경하다(恭敬--) 2. 오르다 3. 취하다(取--)
a. 치장하다(治粧--) (소) b. 묶다(수)

① 송구하다 - [형용사] 두려워 마음이 거북스럽다. '미안하다', '죄송하다'로 순화
[悚懼-, anguish]
원뜻은 '몸을 비틀다', '고통하다.' 두려워 마음이 거북스럽다. 메뚜기떼의 공격으로 이스라엘 백성이
크게 괴로워하는 모습을 묘사하며 사용되었다(욜 2:6). 개역 개정판은 '질리다.'
[네이버 지식백과] 송구하다 [悚懼-, anguish] (라이프 성경사전, 2006. 8. 15., 생명의말씀사)

공경하다 - [동사] 공손히 받들어 모시다. 유의어 : 경에하다. 받들다. 우러르다
[恭敬, honor]
공손히 섬김(신 5:16), 상대방에게 존경심을 갖고 예의를 갖춤(막 7:10). 남을 높이고 자신을 낮추는
자세를 말하는데 두려움을 수반한 공포심이 아닌 존경과 흠모의 심정으로 섬기는 자세를 뜻한다(레
26:2).
[네이버 지식백과] 공경[恭敬, honor] (라이프 성경사전, 2006. 8. 15., 생명의말씀사)

• 소심남의 정의

⋮

소심(揀心)한 남자

이번 장에서는 공경하는 마음을 담은 소심남에 대해 이야기하고 싶다.

"인간은 사회적 동물이다." 아리스토텔레스의 말이다.

사회적 동물[social animal, 社會的動物]
　　– 인간은 개인으로 존재하고 있어도 그 개인 유일적(唯一的)으로 존재하는 것이 아니라 끊임없이 타인과의 관계 속에서 존재하고 있다는 생각에서 나온 용어. 즉, 개인은 사회 없이는 존재할 수 없다는 것이다.

아리스토텔레스(Aristoteles)의 '정치적 동물(zoon politikon)'이라는 용어처럼 인간은 사회의 자식이며 사회공동체의 형성자로서 포착될 수 있다는 것을 뜻한다.

인간은 사회의 어버이이기도 하며 사회적인 것임과 동시에 사회의 형성자(形成者)로서 참가하는 것이다. 사회는 어디까지나 개인을 기초로 성립되는 동시에 개인은 사회를 짊어지고 발달시켜간다는 생각이다.

인간은 사회의 존재 없이 생활할 수 없다. 공동체 안에서 부대끼며 살아가는 것이 숙명이라는 말뜻을 이해하겠다.

1920년 인도에서 놀라운 사건이 벌어졌다. 늑대가 키운 두 소녀가 발견된 것이다. 두 소녀는 각각 교육학자와 목사의 가정으로 옮겨졌고 그들 가정은 소녀들을 사람답게 만들려고 무던히 애썼다. 그러나 한 명은 1년 만에 죽고 다른 한 명도 9년밖에 더 살지 못했다.

왜일까? 소녀들은 늑대의 습성을 결코 버리지 못했기 때문이다. 더 오래 살아남은 소녀가 9년 동안 배운 것이라곤 45개 단어와 포크를 사용해 겨우 음식을 먹는 정도였다고 한다. 소녀들은 분명히 늑대가 아니라 인간의 유전인자를 갖고 태어났을 텐데 어찌 된 일일까?

이 예를 보면 사람답게 행동하는 데 중요한 것은 유전인자보다 후천적 학습에 의해 만들어짐을 알 수 있다. 물론 사람답게 행동하기 위해서는 반드시 사람 유전인자를 갖고 있어야 한다. 사람의 유전인자를 가지지 않은 개를 학습으로 사람처럼 만들 수는 없으니까. 하지만 유전인자는 사람답기 위해 필요한 최소한의 조건이지 그 자체가 사람다운 행동을 유발시키지는 않는다는 것을 늑대소녀들은 보여 줬다.

[네이버 지식백과] 늑대소녀 이야기

사람답게 사는 데 유전인자보다 중요한 것이 있다. 사회적 동물임을 보여주는 결과라고 생각된다. 사람들과 함께 행동을 배우고 공동체를 배우며 살아갈 때 인간다운 삶을 살 수 있다. 아리스토텔레스의 사회적 동물이라는 정의가 마음 깊이 느껴진다.

사회를 거부하고 산골에서 혼자 사는 사람들의 이야기를 가끔 듣는다. 그들과 인터뷰하면 세상에서 받은 상처가 대부분이다. 물질적 어려움이든 관계적 어려움이든 상처로 인한 도피 선택이라고 생각한다. 건강 때문에 들어간 사람들도 있다. 그 분들은 지금도 세상과 연결되어 있다. 삶의 패턴을 바꾸는 것이지 사회를 등진 것은 아니다. 치료 목적이 분명한 사람들이다. 논외로 해야 한다.

사람살이의 세상에서 우리가 배워야 할 것이 많다. 관계를 통해 성장하는 사회적 동물임을 발견한다. 부모와 자녀의 역할이 있고 사회적 구성원으로의 역할이 있다. 남녀 역할이 있고 배울 때와 가르칠 때가 있다. 세상살이 모든 것이 한 부분에 멈춰있지 못하다. 처한 상황에 따라 다른 입장에서 살아가야 한다.

공경하는 마음에 대해 이야기할 때 부모에 초점이 맞춰지는 경우가 많다는 것을 알고 있다. 그 이야기는 다음 장에서 할 것이다. 세상에서는 부모뿐만 아니라 모든 사람을 공경해야 한다. 자신을 낮추고 남을 이해하고 배려하는 마음이 발현되어야 한다.

세상이 따뜻해지기 위한 기본 바탕으로 공경하는 마음이 되길 바란다. 어른세대를 보고 본받는 아이들에게 다른 사람을 섬길 수 있는 공경의 마음을 가르쳐주어야 한다. 아이들의 눈에 어른들은 맨날 싸운다고 생각하는 것 같다. 뉴스에서는 정치인들이 싸우고 학교에서는 교사와 학생이 싸우고 학부모와 교사가 싸운다. 집에서는 엄마와 아빠가 싸운다. 아이들은 게임에서 매일 밤마다 전투 중이다. 이런 세상에서 아이들이 배울 것은 과연 무엇이겠는가. 보는 대로 성장하는 것이 아이들인데 싸움을 잘하는 것이 자연스러운 현상 아닐까?

모든 싸움을 보더라도 알 수 있다. 거기에는 공경하는 마음이 빠져 있다. 다른 사람을 배려해야 한다고 말하지만, 말뿐일 때가 많다. 경비

원을 하대하는 것은 당연한 것이 되었고 건물주는 자신의 건물에서 근무하는 사람을 자신을 섬겨야 하는 노예라고 했다. 백화점에서는 돈 좀 쓰는 고객이면 자신을 상전이라고 생각하는 사람이 너무 많다. 지하주차장에서 직원의 무릎을 꿇렸다는 이야기를 들으며 분개했다. 판매원들은 감정노동에 눈물흘리는 날이 많다. 장사하는 사람으로 이런 일들이 남의 일 같지가 않다.

스튜어디스는 많은 여성들이 생각하는 꿈의 직종인데 땅콩 하나 제대로 대접하지 못했다고 온갖 욕설과 육체적 모욕을 겪었다. 라면을 제대로 안 끓여 왔다고 기내소동을 일으키는 기업 상무는 별것 아닌 뉴스가 되었다. 중소기업 사장 아들은 비행기에서 술먹고 난동을 부린다. 외국 가수가 동영상을 촬영할 정도로 창피하다. 다음날 경찰서에 출두하면서 기억이 안 난다고 앵무새처럼 되풀이할 뿐이다. 얼마나 비극적인 상황인지 모르겠다. 그런 뉴스에 우리 모두 격분한다.

대기업 회장은 아들이 술집에서 난동부린 것을 봐주지 않았다고 조폭을 동원해 골프채로 상대방을 내리치고, 한 젊은이는 고급차를 몰고 가는 자신의 앞길을 별 볼일 없는 차가 끼어들기 했다고 20km를 쫓아가 해코지했다. 이게 무슨 상황인가. 끝도 없이 계속되는, 막나가는 뉴스들이 하루가 멀다하고 쏟아진다. 무뎌질 만도 한데 날마다 새로 업데이트되는 것이 신기하다. 정말 무뎌진 것 같다.

살인사건은 더욱 더 자극적이 되었다. 웬만한 엽기사건이 아니면 뉴스를 탈 수 없을 정도가 되었다. 동네에서 벌어지는 평범한 사건은 눈에 차지도 않고 자살뉴스는 일상으로 받아들인다. 독특하지 않으면 뉴스거리가 되지 않는다.

세상에 일어나는 모든 범죄와 비극적인 뉴스들은 공경하는 마음이 사라졌기 때문이라고 생각한다. 타인을 배려하는 마음의 부족이고 자신만이 최고이며 자신을 가로막는 것은 모두 적이다. 게임에 중독되어 사람을 찌르고 폭행하는 것이 아무 죄책감을 느끼지 않는 일이 되었다. 앞날이 더 걱정된다.

다른 이들을 공경하고 섬기는 소심이 우리 안에 생겨야 한다. 소심남의 필요성이 대두되는 시기가 왔다.

앞으로 범죄는 더 지능화될 확률이 높다. 더 잔인해질 확률도 높다. 이것을 예방하는 것이 고화질 CCTV로 모든 사람을 철통 같이 감시하는 것이 아니다. 전자발찌 채운다고 예방되는 것이 아니다.

그 모든 것 이전에 사람에 대한 온전한 이해를 배우고 가르치는 세상이 되어야 한다고 생각한다. 사람을 사랑할 줄 알고 마음을 다해 섬기는 사람이 어떻게 타인을 해하고 싶을까? 사람을 공경하는데 어떻게 폭력을 사용할 것이며 어떻게 범죄 대상으로 삼을 수 있을까. 아무리 생각해도 그럴 수 없다.

우리가 사는 세상에 대한 이해의 시작이 공경하는 마음이다. 공경하는 소심남이야말로 우리 사회가 필요로 하는 인간상이라고 말하고 싶다. 사람을 향한 이해와 존중이 밑바탕에 깔려 있다면 우리는 더 나은 세상을 살아가는 중요한 역할을 감당할 수 있다.

⋮

부모님을 공경하라

1. 나 이외 다른 신을 섬기지 말라.

2. 우상을 섬기지 말라.

3. 하나님의 이름을 망령되이 부르지 말라.

4. 안식일을 거룩히 지키라.

5. 너희 부모를 공경하라.

6. 살인하지 말라.

7. 간음하지 말라.

8. 도둑질하지 말라.

9. 이웃에 대해 거짓 증언하지 말라.

10. 네 이웃의 재물을 탐내지 말라.

10계명에 하나님 관련 이야기를 제외하고 사람들에게 행해야 할 계명의 첫 번째는 부모를 공경하라는 말씀이다. 자신을 낳아 길러주신 부모를 기억하고 공경하는 것은 단순히 효를 실천해야 하는 데 멈추어선 안 된다. 우리가 지켜야 할 명령이고 세상을 살아가는 최우선 계명인 것을 기억해야 한다. 사회가 발전하고 개인주의가 대세인 세상에서 자신을 낳아준 부모의 소중함에 소홀한 경우가 상당히 많다. 잘못된 부분을 바로잡아야 한다.

너무 원론적인 이야기라고만 치부할 수 없다. 우리가 행해야 할 명령임에 주목해야 한다. 부모를 공경하라. 그럼 너와 네 집이 복을 누릴 것이다.

공경의 정의 – 공손히 받들어 모심. 웃어른을 높이는 마음을 뜻하는 단어다.

공경하는 마음과 더불어 치장한다는 의미의 '소(抹)'를 선택했다. 우리가 세상에 살면서 '가정의 달'인 5월에만 눈물흘리며 부모님의 감사에 대해 노래불러드릴 일이 아닌 것 같다.

나도 시간을 잊은 채 살다보니 어른이 되었고 어느새 가정을 꾸려 가장 역할을 감당하고 있다. 어릴 때 이해할 수 없던 어른들의 이야기를 이제 조금 알아들을 수 있다. 아직 갈 길이 멀지만 어느새 중년의 삶을 살다보니 선인들의 이야기가 괜한 것이 아닌 '수많은 경험과 배움을 통해 통찰할 수 있는 것이었구나' 알게 되었다.

마냥 어린 시절에는 별로 걱정을 하지 않았다. 기껏 하루짜리 걱정으로 다음 날이면 모두 잊고 상쾌한 하루를 시작할 수 있었다. 어른이 된 지금은 하루짜리 고민은 '정말 행복한 고민이구나' 느끼게 된다. 그런 고민쯤은 아무 것도 아니다. 그런 고민만 있다면 소원이 없겠다.

어려운 시절을 이겨내신 어른들의 헌신이 없었다면 우리가 사는 세상이 이렇게 좋아지지 않았을 것이라는 확신을 갖고 있다. 당시의 어른세대가 최선을 다해 일궈놓은 오늘날의 환경을 매우 자랑스럽게 생각하고 감사히 생각한다.

'한강의 기적'을 다른 나라와 비교하는 이야기가 있다. 나는 그런 비유를 거부하고 싶다. 라인강의 기적과 비슷한 뉘앙스로 이야기하는 데 반기를 든 인터넷 글을 본 기억이 있다. 기억을 더듬어 정리해본다.

한강의 기적과 라인강의 기적은 같은 출발선이 아니다. 오해를 바로 잡고 싶다.

독일은 비록 제 2차세계대전에서 패망했지만 두 차례의 세계대전을 통해 축적해 놓은 엄청난 기술력과 지식, 인력이 남아 있었다. 같은 시기 미국에서 시행한 마샬플랜으로 재정적 지원이 탄탄히 받쳐주었다. 높은 기술력에 엄청난 자본이 투입된 최적의 상황으로 산업이 개선되고 발전을 이룬 것이다. 그것으로 라인강의 기적으로 불릴 정도는 아니라는 말이었다.

한국은 다른 어떤 나라와도 상황 자체가 달랐다. 온갖 수탈에 지쳐 있던 일제 식민지 치하에서 벗어나 자유국가의 기쁨을 누리기도 전에 6·25전쟁이라는 뼈아픈 고통을 겪었다. 분단된 조국에 대한 안타까움에 더해 같은 동족끼리 총부리를 겨눠야 하는 비극적인 상황을 고스란히 겪어냈다. 서로 다른 국가관을 가진 남북이 각자도생(各自圖生 : 각자 살아갈 방법(方法)을 도모(圖謀)함)의 길을 찾게 된 것은 어쩌면 당연하다.

분단 이후 남북은 각자 다른 방식으로 발전계획을 세우고 다른 방향으로 길을 걷게 된다. 폐허가 된 상황에서 시작한, 맨땅에서 일궈낸 선진국 반열이 기적이 아니고 무엇일까. 다른 비교를 거부하고 싶어진다.

기술력이 있었던 것도 아니고 산업교육을 받아 일할 인력이 많았던 것도 아니고 자원이 풍족해 그것을 수출해 돈 벌 수 있는 시스템도 아니었다. 아무 것도 없었다. 당시 보릿고개가 그냥 나온 말이 아니다. 그토록 비참한 현실을 개선하고 피땀흘려 오늘날의 한국을 만들어낸 것이다. 미국의 원조로 자본도 들어왔다.

나라 발전에 공과가 있는 리더들이 있었다는 것을 뒤로 하고 국민들이 힘을 합쳐 오늘날의 나라를 만들었다는 진실은 숨길 수 없다. 그런 전 세대에게 감사를 전하는 마음이 우리가 해야 할 일이다.

산업역군으로 외국에 나가서도 돈을 벌고 나라 경제를 책임진 많은 선배들, 민주화운동으로 부패 정치 구도를 자유민주주의로 만들어낸 선배들 모두 우리 세대가 감사해야 할 선구자들임을 잊지 않길 바란다.

부모님을 공경하는 마음에 더해 인생 선배들에게 존경의 마음을 가져야 한다. 아무 것도 없는 맨바닥에서 경제를 일으키고 각자 가정을 일으켜 세운 그들의 노고는 아무리 칭찬해도 부족함이 없다. 존경을 표해야 한다.

어린 시절 나의 아버지는 트럭으로 야채행상을 하셨다. 중학생 시절 나도 트럭을 타고 따라다녀봤다. 무더운 여름 날씨 사람들은 밖으로 나올 생각을 안 한다. 연신 울려대는 마이크 소리가 한적한 동네를 소란스럽게 할 뿐 사람은 보이지 않았다.

방학 때 따라 다닌 아버지 트럭장사에 내가 더 마음졸였던 기억이 난다. 사람들이 나오질 않으니 답답하기만 했다. 내가 뭐라도 도와야 하는데 철없던 시절 경험에서 내가 할 수 있는 일은 아무 것도 없었다. 지금 생각해봐도 송구스럽고 창피하다.

좋은 야채를 구입하기 위해 도매시장에 돌아다녀봐도 소용없었다. 품질로 장난치는 도매상 때문에 손해도 많이 봤다. 자신들끼리 단합되어 신규 진입자들에게는 자신들의 좋은 물건을 쉽게 내 주지 않는다. 어린 시절이어서 자세한 이야기를 하지는 않으셨지만 분명히 힘드셨다는 것을 느꼈다.

지금 장사해보니 더 잘 알겠다. 당시 아버지께서 얼마나 힘들게 시작하셨는지. 나도 노점장사를 해봤지만 경험해보지 않고 이야기하는 사람들이 그렇게 미울 수 없다. 별것 아닌데 이러내 저러내 이야기하는 사람들을 멀리하는 이유이기도 하다.

경험하지 않았으면 경험한 사람들의 이야기에 귀 기울이고 존경할 부분을 찾아야 한다. 비하하거나 별것 아니라고 치부하는 것은 뒤에서나 했으면 좋겠다. 면전에서 하는 것은 예의에 어긋난다고 생각한다.

나의 아버지는 지금도 사람 좋다는 소리를 듣고 사신다. 법 없이 사실 분, 인상 좋은 아저씨의 모습이 아버지의 장점이다. 덕분에 좋은 유전자를 물려받아 나도 좋은 인상으로 칭찬받으며 장사하고 있다. 감사하다.

부모를 공경하는 사람들이 밖에서 다른 사람들을 무시하고 짓밟겠는가? 그럴 수 없다고 생각한다. 부모에게 막대하는 패륜 아들이 밖에서도 그렇게 막 살아가는 것이다. 집안에서 부모를 공경하고 존경하는 마음을 가진 사람들은 밖에서도 같은 인생을 살아간다. 그로 인해 부모도 칭찬받는다.

공경하는 마음을 가진 소심(揀心)남이 되어 세상을 향한 아름다운 향기를 내뿜는 사람들이 늘어나길 바란다. '소심'의 다른 방향이 '공경의 마음'이라는 것을 기억하며 삶이 인생에 제대로 드러나는 이들이 많아지길 바란다.

:

감사가 몸에 밴 사람

공경하는 마음에 대해 고민할 때 떠오르는 인물이 있었다. 배우 박보검이다. 인성이 중요한 시대에 그를 빼놓고 말할 수 없다고 생각했다. 요즘 최고의 대세배우로 자리매김한 박보검은 여러 편의 드라마에 출연해 속칭 대박을 이어가고 있다. 출연작은 〈구르미 그린 달빛〉, 〈응답하라 1988〉, 방송으로는 〈뮤직뱅크〉, 〈꽃보다 청춘 아프리카〉 등이 있다. 〈제53회 백상예술대상〉 외에 수많은 수상 내역이 쌓여가는, 앞날이 창창한 유망배우다.

모 여배우는 박보검 같은 아들을 낳겠다고 말하고 다른 선배 여배우는 사윗감으로 최고라며 엄지를 치켜세우기도 한다. 함께 작업한 배우들은 그의 단점 찾기에 혈안이 되어 있지만 발견하지 못했노라고 자신을 한탄했다. 선배들도 한몫 거든다. 인사성 외에도 작은 배려가 마음 깊은 곳에 깔려 있다고 말한다.

단지 착한 것을 뛰어넘어 개념이 있다는 식의 발언이 대체로 많았다. 진심으로 선·후배를 챙기고 규율을 지키고 모범적인 생활과 도덕적으로 행동하는 모든 것에 올바르다는 표현이 적절하다고 말한다. 언제쯤 스캔들이 터질지 오히려 궁금한 인물이다. 속마음은 제발 그런 일이 없길 바란다.

인성이 중요하다는 사회에 최고 모델이 되고 있다는 생각에 매우 뿌듯하다. 많은 어린 팬들이 그의 인성을 닮길 바란다. 선한 영향력이 더 널리 퍼지길 바란다.

미담 제조기와 감사 인사 끝판왕이라는 별명을 지어주고 싶은 배우다. 그와 함께 일한 사람들이 공통으로 하는 말이 있다. '성공할 수밖에 없는 배우다', '지겹지만 미담을 말할 수밖에 없는 사람이다', '칭찬하고 싶지 않은데 안할 수가 없다', 그와 함께 일한 사람들의 한결같은 인터뷰 내용이 식상할 정도다. 그런데도 그는 계속 미담을 만들어내고 있다. 가식으로 만들어진 이미지라고 하기에는 너무 오래 그 모습을 지켜왔다.

그의 인사성과 허리 숙이는 감사가 거짓은 아닌 것 같다. 현재 활동 중인 연예인에 대해 언제 어떤 사고가 터질지 몰라 이야기를 망설이다가 이 배우라면 적합하다고 생각해 이야기했다.

그는 남을 위한 배려가 몸에 배어 있다. 작은 것에 감동하고 손수 챙기는 것을 좋아한다. 감사 인사를 빠뜨리면 잠을 못잘 것만 같은 사람이다. 그런 품성에 반해 어딜가나 그에 대한 칭찬은 사람을 귀 기울이게 만드는 능력이 있다. 그와 개인적 관계를 맺었다는 것이 오히려 감탄 대상이 될 정도다.

우리는 박보검과 같은 그런 인생을 살아야 한다. 감사가 몸에 밴 사람이 되어야 한다. 가식으로 채워 순간을 모면하는 모습 말고 마음 깊은 곳에서 나오는 진정한 감사가 몸에 밴 사람 말이다. 그런 인생을 살아가는 사람들이 늘어날 때 우리 사회는 발전하고 안정되고 행복이 넘칠 것이다.

나 외에는 짓밟아야 하는 경쟁 상대가 아니라 함께 성장하고 발전할 수 있는 길을 찾아야 하는 동반자가 되어야 한다. 우리는 상대방을 너무 경계하고 짓밟기만을 생각한다. 공유할 것을 찾아 서로 발전에 힘쓰는 사람들이 되어야 한다. 너와 내가 함께 성공할 수 있는 길을 찾는 것이 필요하다.

우리가 없는 자리에 칭찬이 줄줄 흘러내리는 사람, 내 이야기도 아닌데 너무 훈훈해 도저히 칭찬을 멈출 수 없는 사람, 자신의 이야기처럼 자랑해주고 싶은 사람이 있다면 얼마나 행복할까? 그런 사람과 친분이 있다는 것만으로도 가슴벅찰 것 같다.

우리가 그런 인맥을 만들고 싶어하는 이유이기도 할 것이다. 감사하는 인생을 사는 사람을 돕고싶은 마음은 인지상정이다. 누구나 같은 마음으로 그 대상을 칭찬한다. 감사는 또 다른 감사를 낳는다. 선순환 구조를 만들어가는 밑바탕을 이루는 것이다. 감사의 시작은 한 번 구르기 시작하면 저절로 굴러내려가는 바퀴와 같다. 눈덩이처럼 점점 불어나기도 한다.

그런 감사의 시작을 이루어갈 수 있는 남자라면 무엇이든 맡기고 싶지 않을까? 내 아이들까지 그런 리더를 따르게 만들고 싶을 것 같다. 출세하기 위해 거짓으로 포장하고 자신의 이미지만 과대하게 부풀리는 사람은 만나고 싶지 않다. 진정성 있는 사람을 기다린다.

정치인들의 이중적인 자세에 지칠 대로 지쳤다. 이제는 새로운 시대에 걸맞는 인물을 찾아야 한다. 공경하는 마음이 밑바탕에 깔린 리더야말로 우리가 진정 기다리는 리더 아닐까?

출세와 성공만 우선이고 자신을 위한 일에는 부정도 서슴치 않는 사람은 이제 설 자리가 없어졌다. 우리는 이제 모든 매체를 통해 일거수일투족을 볼 수 있게 되었다. 미세한 동작까지도 찾아볼 수 있다. 그런 세상에서 연기하고 꾸민다고 될 일이 아니다. 진정성은 아무리 숨겨도 드러날 수밖에 없다.

감사할 줄 모르는 사람은 나눌 줄도 모른다. 그런 사람은 다른 사람에게 별 관심이 없고 항상 자신만 생각한다. 항상 자신을 도와주고 자신에게 베풀고 자신을 섬길 사람만 찾아다닌다. 심지어 다른 사람이

그런 기대를 채워주지 않으면 의아해한다. 이기적이어서 씨를 뿌리지도 않고 수확을 왜 못하는지 궁금해하며 불평만 늘어놓는 것이다. 감사할 줄 모르는 사람의 특징이다.

– 존 맥스웰, 사람은 무엇으로 성장하는가, p.346

감사가 감사를 만든다. 매우 단순하지만 진리다. 감사하는 사람들에게 감사한 일들이 끝없이 찾아든다. 많은 리더십 관련 전문가들이 하는 말이고 수많은 책에서 이야기한 것이다. 성공한 사람들을 연구한 책에서 이야기한다. 성공한 리더들의 공통점 중 하나는 감사하는 사람이라는 것이다. 자신의 성공에 많은 이들의 헌신과 도움이 있었음에 잊지 않고 감사한다.

"고마움을 표현하지 않으면 선물을 사고 주지 않는 것과 같은 것이다."라는 말이 있다. 좋은 선물을 준비해놓으면 무엇하겠는가. 전달하지 않으면 아무 일도 일어나지 않는다. 입밖으로 감사를 꺼내 전달하는 것까지 마무리라고 생각해야 한다. 전달할 감사를 말이나 행동으로 실천해야 한다.

나는 작은 감사가 위대한 결과를 만들었다고 생각한다. 그들의 감사가 열매를 맺어 더 큰 결실로 이어지는 선순환을 이어간 것이다. 많은 사람들이 감사해야 한다는 것을 알지만 실천하는 사람은 소수에 불과하다. 그들에게는 감사보다 욕심을 채우려고 노력한다.

공경하는 마음에 감사가 빠지는 순간, 그 공경의 마음은 거짓으로 위장한 것이 되어버린다. 작은 것에도 감동하고 감사한 사람들의 인생에는 특별한 것이 있다. 실천해야 한다. 마음속에만 묻어두면 아무 일도 일어나지 않는다.

사람이 죽을 때 가장 많이 후회하는 10가지가 있다.
1. 수많은 걱정거리를 안고 살아온 것
2. 특정한 한 가지에 몰두해보지 않은 것
3. 좀 더 도전적으로 살지 못한 것
4. 내 감정을 솔직히 주위 사람들에게 표현하지 못한 것
5. 나의 삶이 아닌, 주위 사람들이 원하는 삶을 살아온 것
6. 누군가에게 사랑한다고 말하지 못한 것
7. 친구들에게 더 자주 연락하지 못한 것
8. 자신감 있게 살지 못한 것
9. 세상 많은 나라를 경험해보지 못한 것
10. 행복은 결국 내 선택임을 비로소 알게 된 것

위에 말한 10가지 거의 모두 안 해 본 데 대한 후회다. 해본 데 대한 후회보다 안한 데 대한 후회가 압도적으로 많다. 감사에 대한 부분도 그렇다. 나중에 후회하는 일이 생기기 전 미리 감사를 전하는 사람이 되어야 한다. 나중에 하면 된다는 안일한 생각은 버리고 지금 당장 하지 않으면 시간은 되돌아올 수 없다는 생각으로 지금 그 감사를 전하는 데 집중해야 한다.

감사가 몸에 밴 사람들이 더 큰 감사를 경험하고 행복한 일이 끊임없이 다가올 것이다. 우리의 인생에 감사로 채워지는 날들이 늘어나야 한다.

:

기부를 통해 삶을 변화시키자

앞으로 정기적으로 시간을 내 다른 사람을 도울 계획을 세우자. 내
욕심을 미뤄두고 다른 사람을 먼저 챙기면 겸손, 성품, 이타심을 기를
수 있다. 가족을 위해 일하는 습관이 아직 들지 않았다면 가족부터 시
작하자. 1주일에 1시간 정도 자원봉사를 하는 것도 좋다. 자원봉사 일
정을 잡고 봉사 중에는 그것에만 온 정신을 집중하자.

– 인간은 무엇으로 성장하는가. 존 맥스웰 지음. 김고명 옮김. 비즈니스북스

다른 사람들의 성장을 보는 것처럼 행복한 일은 없다. 스승의 마음
이 이런 것일까? 우리의 인생은 혼자 와 혼자 가는 외로운 여정이 아니
다. 많은 사람들과의 관계 속에서 성장하게 된다. 우리는 긴 인생을 살
면서 많은 것을 남길 수 있다. 자녀를 남겨 후손을 이을 수 있고 이름을
남겨 명예를 남길 수도 있다. 정신을 남기고 얼과 혼을 남길 수 있다.

물론 돈을 남길 수도 있다.

그러나 돈을 남기는 것은 하수들의 일이다. 그것은 인생 발전을 위해 자녀들의 훌륭한 삶을 위해서도 전혀 쓸모없다. 자녀들에게 분쟁의 씨앗만 될 뿐 더 이상 긍정적인 의미는 없다. 돈을 물려주려는 생각을 버리고 올바른 정신을 물려줘야 한다.

그런 의미에서 돈을 지혜롭게 쓴다는 것에 대해 고민하게 된다.

주식투자로 수백억 자산을 일군 대학생 박철상(32)씨는 연 8~10억 원 고액기부로 세상을 어리둥절하게 했다. 주인공이 너무 젊고 돈이 너무 많고 너무 많은 돈을 기부한다는 것 때문에 세상사람들은 당황했다. 아시아 기부왕 타이틀로 한국경제TV와 했던 인터뷰 내용이 기억에 남는다.

"부(富)는 사회적 부와 개인적 부로 나뉘는데 개인적 부는 아무리 커도 당사자가 세상을 떠나면 소멸해버리잖아요. 반면, 사회적 부나 가치는 당사자가 세상을 떠나더라도 계속 이어진다고 생각해요. 저는 개인적인 부가 아니라 사회적 부나 가치를 키우는 데 제 평생 시간과 재원을 쏟아부을 생각입니다."

기부하는 사람들은 수시로 작은 행복을 느끼고 체험한다. 더불어 자신이 기부를 통해 사랑을 선물받았다고 말한다. 신기하지 않은가? 돈을 내거나 사람들을 위해 내 시간을 투자해 봉사하는 것이 오히려 우리의 정신을 깨끗이 하고 사랑 체험을 하게 만드는 것이 말이다.

겪어보지 않고 말할 수 없다. 그들의 마음을 직접 느껴보지 않고 나의 좁고 편협한 생각에 의지해 판단하는 것만큼 미련한 것도 없다. 직접 체험한 그들의 인생이 우리에게 말해주고 있다. 그렇게 살아보니 매우 행복하다고 한다.

기부에 대해 심각하게 고민하게 해준 사람은 배우 차인표였다. 방송에서 그의 고백을 보면서 많은 깨달음을 얻었고 나의 편협하고 좁디 좁은 생각을 넓혀주는 시간이었다.

전에 방송된 SBS '힐링캠프, 기쁘지 아니한가'(이하 '힐링캠프')에 출연한 차인표는 기부를 시작하게 된 사연에 대해 말했다. 그는 과거 사람들에게 생색내기 위해 기부를 시작했다고 고백했다. "제일 처음 기부했을 때는 직접 돈봉투를 주면서 감사하다는 말도 듣고 싶었다. 생색내고 싶었다."며 "신애라 대신 인도 빈민촌에 가면서 처음에는 등떠밀려 갔기 때문에 기분이 안 좋았다. 그래서 '촬영하러 가는 거다. 한국사람이 인도에 가 사진찍는 것이 무슨 봉사냐 촬영이지.'라고 생각했나.

"비행기 탈 때도 비즈니스석 표를 요구했다. 비즈니스석 표를 내 마일리지로 1등석 업그레이드했다."며 부끄러웠던 당시의 모습을 담담히 고백했다. 차인표는 인도에 도착해서도 선글라스를 쓰고 다니며 온갖 폼을 잡았고 이를 본 컴패션 관계자들은 무서워 그에게 말도 못 걸었다.

인도 현지 모습은 차인표의 생각을 180도 바꿔놨다. "7살 인도 남자아이가 악수하자고 손을 내밀었다. 손을 잡는 순간 '내가 너를 정말 사랑한다. 너는 사랑받기 위해 태어났다'라는 소리가 마음속에서 들렸다. 아이의 손을 잡은 후로 내 삶과 가치관이 모두 변화하기 시작했고 비즈니스석처럼 전에 내게 중요했던 것들 전혀 안 중요해졌다."라며 기부와 나눔에 대한 생각 변화를 밝혔다.

부끄러웠던 과거 고백을 한 그는 더 이상 과거의 부끄러운 인생을 살지 않았다. 자신의 인생을 바꾸기로 결심하고 더 나은 인생을 살아가는 그의 말투와 눈빛에서 새로운 설레임이 느껴졌다. 그의 언행일치의 삶을 더 배우고 싶어졌고 나도 소액기부에 동참하게 되었다. 감사한 일이다.

가수 션은 거의 중독자다. 기부중독이라는 말이 더 어울릴 정도의 인생을 살고 있다. 부부는 닮는다는 말이 맞는 것 같다. 아내 정혜영과 함께 하는 기부에 많은 사람들이 지지하고 서로 앞다투어 참여하기 시작한다. 자신만 기부하는 데 그치지 않고 더 나은 인생을 살라고 다른 사람들까지 끌어들인다. 그런 따뜻한 마음의 연결인지 모르겠지만 다행히 주변 많은 사람들도 그의 제안에 동참하는 것을 보며 가슴이 훈훈해졌다.

자신의 기부에 아내와 자녀들이 동참하고 친한 지인들이 동참하고 SNS의 많은 팔로워들이 동참하게 된다. 기부 방식도 다양해지고 영향력도 커지고 있다. 그의 기부는 다양한 분야로 확대되어 있다.

마라톤 완주 기념 4219만 원 기부
션 정혜영, 홀트아동복지회에 또 1억 원 기부, 누적 기부금 45억 원
가수 션과 시민들, 푸르메재단에 1,000만 원 기부
션, 어린이재활병원에 또 4,219만 원 기부
션, 팔굽혀펴기 기부릴레이
션, '굿액션 by 션' 해피빈 캠페인 성금 2억 원 돌파
철인 3종 경기 뛰어 약속지킨 션 '재활병원 건립비 5,150만 원 기부'
가수 션 부부, 빼빼로데이 2,011만 1,111원 기부
션·정혜영 부부, 결혼 10주년 맞아 '밥퍼' 365만 원 기부
가수 션, 자원봉사자들과 '사랑의 연탄' 배달

수많은 기사 내용 중 제목만 뽑아 모은 것이다. 아직 수백 수천 개가 남아 있지만 더 이상 정리하다가는 페이지가 모두 끝날 것 같아 이쯤에서 마무리해야겠다. 그는 아내와 함께 매달 정기후원금을 제공하는 아이들이 전 세계 900명이 넘는다고 한다.

가수로서뿐만 아니라 사업가로서도 활발히 활동하고 있는 선. 자신의 이름을 내건 브랜드를 만들고 촬영 현장에서도 직원들과 직접 상의해가며 일할 정도로 열의를 보인다. 돈이 많아 기부하는 것이 아니라 열심히 일해 번 돈을 나누기에 그의 나눔과 봉사는 더 값지다.

선이 말한다. 나누는 행복을 이야기하는 그의 얼굴과 영혼이 맑아보이는 것은 거짓으로 채워서가 아니라 진실한 인생으로 채우고 있어서다.

우리가 할 일이다. 우리의 후원이 필요한 곳이 많다. 자신뿐만 아니라 사회적 약자를 돌아볼 수 있는 사회가 진정한 선진국이다. 나만 잘 나고 잘 먹고 잘 살면 된다는 1차원적 생각을 하는 국민들은 후진국 신세를 면할 수 없다. 노블리스 오블리주를 굳이 말하지 않아도 우리는 안다. 그들은 사회 리더의 역할에 대한 책임을 가지고 있다.

좋은 자녀가 좋은 성인이 될 수 있고 좋은 남편이나 아내가 될 수 있으며 좋은 부모가 되고 좋은 사회구성원이 될 수 있다. 그 모든 시작은 개인의 역량이다. 그 밑바탕에는 기부나 봉사가 있어야 한다. 남을 섬기지 못하는 사람들이 리더가 된다면 세상은 바뀌지 않는다. 그들은 군림하려고 하지 낮춰 섬기려고 하지 않는다.

우리 주변을 살펴보자. 아직 도울 길이 있고 도움을 요청하는 곳이 있다. 찾아보고 실행해보자. 작은 실천을 통해 행복을 분양받았으면 좋겠다. 더 좋은 삶은 나누는 것이고 공유하는 것이다. 나누고 공유할 때 놀라운 기적들이 일어난다.

빌 게이츠와 워런 버핏처럼 세계적인 거부들이 자신의 재산을 아낌없이 사회에 환원하는 기사를 접한 기억이 있을 것이다. 그들이 기부하는 이유에 대해 정리해봤다.

1. 더 나은 세상을 만들기 위해
2. 배우지 못한 사람들에게도 기회가 있도록
3. 자녀들에게 노력의 진정한 가치를 이해시키기 위해
4. 가난 때문에 꿈을 포기한 인재들을 위해
5. 어린이들의 나은 삶을 위해

자신의 성공이 노력과 위대함에서 나온 것이 아님을 깨달은 사람들이다. 사회의 도움이 있었고 사람들의 배려와 격려 덕분에 자신의 성공이 있었다는 것을 알게 되었다. 그 깨달음을 기부를 통해 다시 나눌 수 있는 그들의 선한 마음이 너무 감사하다. 우리나라에도 이렇게 부를 나누고 기부하고 더 나은 세상을 위해 헌신하는 사람들이 늘어나길 기대한다.

Chapter
06

소심釼心 힘쓰는 마음 釼

釗

1. 쇠 2. 사람의 이름
a. 보다 (소) b. 만나보다 (소) c. 힘쓰다 (소) d. 밝다, 드러나다 (소)
e. 깎다 (소) f. 밀다 (소) g. 쇠뇌 고동(쇠뇌의 살을 발사하는 부분) (소)

형성문자

뜻을 나타내는 쇠금(金=⋅ 광물·금속·날붙이)部와 음(音)을 나타내는 글자 刂(도→쇠)가 합(合)해 이루어짐

⋮

소심(釗心)한 남자

썰매왕의 비결

8년째 세계랭킹 1위를 지키고 있는 '썰매왕' 마틴 두쿠르스. 그가 따 낸 월드컵 금메달만 47개에 달한다. 대적할 선수가 없어 '썰매계의 우 사인 볼트'로 불린다. 하지만 그의 신체 조건은 평범하다. 썰매종목에 서는 가속도를 붙여 치고 나가려면 체격이 큰 선수가 유리하다. 하지 만 그는 179cm, 77kg의 보통 체격이다. 그 비결에 대해 그는 이렇게 말한다.

"항상 변화하려고 노력했습니다. 0.01초를 줄이기 위해 안해본 일이 없습니다. 날을 더 날카롭게 갈거나 10g 무게를 늘리는 등 이번 시즌에

만 썰매를 6번 바꿨습니다. 다가오는 평창올림픽을 위해 틈나는 대로 모든 코스의 사진을 찍었습니다. 가지고 있는 사진만 수백 장이 넘습니다. 아침 7시부터 저녁 7시까지는 주행연습과 체력훈련에 매진합니다. 저녁 8시부터 잠들기 전까진 코치진과 코스 비디오 분석을 합니다. 1998년부터 0.01초를 줄이기 위해 사투하는 셈입니다. 20년 동안 안 해본 것이 없다고 보면 됩니다."

(출처 지식비타민)

뭔가에 힘쓴다는 것은 노력한다는 것이다. 현실에서 벗어나 다르게 성장하고 싶은 욕구를 표출하는 것이다. 변화의 시작이 성공의 첫 걸음이다. 그런 노력의 결과물을 우리는 성공으로 인식한다. 힘쓴다는 것은 결국 성공하기 위한 방향 설정이고 목표 설정이다.

노력하는 마음 소심(銷心)의 가장 중요한 법칙은 습관이라고 생각한다. 브라이언 트레이시는 『백만 달러짜리 습관』에서 "심리학과 성공학 분야의 가장 중요한 발견은 당신이 생각하고 느끼고 행동하고 성취하는 모든 것의 95%가 습관의 결과라는 사실이다."라고 말했다.

습관은 연습과 반복을 통해 학습이 가능하다.

『성공하는 사람들의 7가지 습관』의 스티븐 코비도 말한다.

"우리의 성품은 근본적으로 습관의 복합체다."

 습관을 지식(무엇을, 왜), 기술(어떻게), 욕망(원하는 것)의 혼합체로 정의한다. 이 세 가지가 있어야 습관화할 수 있다는 것이다.
 『습관의 힘』의 찰스 두히그는 매일 우리가 행하는 행동의 40%는 의사결정의 결과가 아니라 습관 때문이라고 말했다. 이처럼 우리가 노력하고 힘쓰는 것의 가장 큰 부분은 습관화 여부의 차이다. 노력하는 마음의 첫 시작은 습관화된 삶을 살고 있는지 보면 된다.

 성공한 인생을 살겠다고 결정한다고 끝나는 것이 아니다. 결과를 얻기 위해 부단히 노력해야 한다. 몸에 체득하는 방법으로 습관화를 이뤄내야 한다. 무의식 중 나올 수 있는 습관을 통해 우리 인생을 더 소심(釗心)한 남자로 성장시킬 수 있다. 힘쓰는 사람인 소심(釗心)남을 통해 우리는 노력하고 습관을 체득하기 위해 자극받고 반복적인 행동을 하며 그 좋은 행동에 대한 보상이 이뤄지는 선순환 구조를 만들어야 한다.

 습관에 대한 수많은 책들에서 하는 말이지만 인생을 바꾸려면 한 번 충격으로는 가능하지 않다. 지속적인 자극과 행동, 보상이 쌓여가면서 과거의 내 모습과 다른 사람으로 변모할 수 있다. 끈기와 인내를 말하는 책이 많은 이유다.

우리가 최종 목표로 삼아야 하는 길이 그것이다. 다른 인생, 다른 사람. 변화를 꿈꾸는 모든 이들이 행해야 할 길과 같다.

『완벽한 공부법』의 저자들이 운영하는 팟 캐스트를 자주 듣는 편이다. 나 같은 중년들에게 따끔한 일침을 놓을 때가 많아 부담스럽지만 틀린 말이 아니므로 나 자신을 돌아보는 계기로 삼고 잘 듣고 있다. 고영성 작가와 신영준 박사가 말한다. 공부하는 법에 대해 뇌과학과 정신과학을 적용하지만 근본적으로 노력하지 않으면 아무 소용이 없다고 말이다. 과학이 아무리 발전해도 스스로 하지 않으면 아무 소용이 없다. 성경 잠언에도 이런 말이 있다.

"게으른 자는 자신의 손을 그릇에 넣고서도 입으로 올리길 괴로워하느니라."

– 잠언 19:24

그릇 안의 음식을 집고서 입에 올리는 것이 귀찮단다. 어이없지만 수많은 사람들이 그렇게 인생을 살아간다.

『완벽한 공부법』을 알려준다고 끝나는 것이 아니다. 그것을 행하는 것은 내가 지금 바로 실천해야 하고 끈기를 갖고 이뤄나가야 하는 것임을 누누이 말한다. 나도 인정한다. 남이 해줄 수 없는 일을 우리는 기대히고 기다리는 경우가 상당히 많다 누가 대신 먹여주고 입혀주고 재워주면 좋겠다고 말이다. 한없이 게을러진다. 남이 해줄 일들만 점점 더 찾고 있다.

물론 로봇이 우리의 일을 대체하는 시대가 오고 있다. 그렇게 남이 해주는 인생에서는 자기주도적인 인생을 설계하고 살아갈 수 없다. 내 인생을 책임질 사람이 나인데 누구에게 부탁할 수 있나? 이뤄질 수 없는 일이다. 내가 할 수 있는 것을 찾고 곧바로 시작해야 한다.

힘쓴다는 것은 노력한다는 것이다. 노력한다는 것은 습관화시키겠다는 것이다. 습관화한다는 것은 성공하겠다는 것이다. 이런 선순환 끝에 우리는 성공의 길을 달려가야 한다.

소심(釗心 – 힘쓰는 마음)남들에게 다시 한 번 말한다. 우리는 작은 마음에 머물 사람들이 아니다. 작은 마음을 위로받고 인정하고 더 큰 일을 하기 위해 내 비전을 꿈꾸고 길을 찾아 행복한 인생을 설계해야 한다.

안주하면 시들어버린다. 멈추면 내려가게 되어 있다. 우리 인생은 거꾸로 내려가는 에스컬레이터다. 가만히 있으면 제자리가 아니라 점점 아래로 내려가게 설계되어 있는 인생이다. 멈추는 순간, 거기에 멈춰 있는 것이 아니라 점점 더 밑으로 처지게 되어 있다. 그것을 깨달았다면 잠시도 쉬지 않고 움직여야 한다. 앞으로 발걸음을 내딛고 성장하는 길을 나아가야 한다.

멈추면 내려간다.

멈추면 뒤처진다.

멈추면 넘어진다.

앞으로 전진하는 인생을 향해 오늘도 힘쓰는 방법을 강구하고 찾아 나서는 똑똑한 인생이 되길 진심으로 바란다.

1. 정신이 먼저라고 생각하지 말라

현대인은 머리쓰는 일에만 많은 시간을 할애한다. 반대가 되어야 한다. 몸을 관리하면 정신과 마음까지 관리할 수 있다. 정신적인 부분만 관리하면 몸이 망가진다. 몸이 먼저다.

2. 일찍 자고 일찍 일어나라

숙면을 취하려면 밝을 때 일어나고 어두우면 자는 것이 좋다. 전문가들은 잠자리에 드는 시간에 따라 수면의 질이 달라지니 너무 늦게 자는 것은 피하라고 조언한다. 몸을 낮에 최대한 많이 움직이고 가능하면 11시 이전에 잠자리에 들자.

3. 다이어트는 몸무게를 줄이는 것이 아니다

몸무게만 빼는 방법은 간단하다. 며칠 굶고 사우나에서 땀흘리면 된다. 하지만 이렇게 하면 빠지지 말아야 할 수분과 근육이 빠진다. 장기적으로 같은 양을 먹어도 살이 더 찌는 '불량 체질'이 된다. 뺄 것은 빼고 늘릴 것은 늘리자.

4. 바쁠수록 운동하라

분, 초를 쪼개 살 만큼 바쁘고 높이 올라간 사람들의 공통점은 일정 시간을 운동에 투자한다는 것이다. 사는 것이 힘들고 체력이 고갈되어 쓰러질 것 같다면 지금 당장 운동을 시작하라. 그래야만 버틸 수 있다. 운동이야말로 최고의 보약이다.

5. 의사에게 몸을 맡기지 말고 몸을 공부하라

우리는 몸에 대해 너무 무지하다. 건강 관리를 의사 등의 전문가에게 맡기고 평소 신경을 끊는다. 잘못된 방법이다. 건강하고 싶은가? 몸을 공부하라. 그것이 진정 나 자신을 사랑하는 길이다.

6. 차(茶)를 마셔라

평소 기분전환을 하며 곁들일 만한 나만의 차를 즐겨보라. 머리도 맑아지고 몸에 좋은 수분도 섭취할 수 있으니 '일석이조'다.

7. 소식(小食)하라

현대인의 질병은 못 먹어 생기는 것이 아니라 너무 많이 먹어 생긴다. '암(癌)'의 한자를 보면 '입 구(口)'가 3개 있다. 최고의 음식은 적게 먹는 것이다. 전문가들은 배고플 때 나는 꼬르륵 소리가 최고의 건강 비결이자 동안 비결이라고 주장한다.

8. 의도적으로 많이 자주 웃어라

긴장하면 근육이 뭉치고 얼굴 표정이 사라진다. 일할 때는 그래도 되지만 계속 긴장해 있으면 건강을 해친다. 긴장을 풀기 위해서는 얼굴 근육을 풀어주어야 한다. 그것이 웃음이다. 가능하면 자주 의도적이라도 웃는 것이 좋다.

9. 쉬는 것도 능력이다

일을 잘하는 것은 능력이다. 쉬는 것도 능력이다. 무엇이든 그칠 줄 모르면 문제가 생긴다. 쉬지 않고 일만 하는 것은 몸에 계속 비상을 거는 것과 같아 결국 몸을 망친다. 나를 위해 회사를 위해 일할 때는 일하고 쉴 때는 쉬자.

10. 호흡하고 명상하라

음식, 물보다 더 중요한 것이 호흡이다. 명상은 우리의 몸과 마음을 정화시키고 자신을 살피게 해준다. 영어로는 명상을 '메디테이션(meditation)'이라고 하는데 '약(medicine)'과 단어와 어원이 같다. 명상이 영혼에 약이 될 수 있다는 말이다.

–한근태 교수–

⋮

목표가 있는 인생

피터 드러커『성과를 향한 도전』

    1. 경영자의 업무는 성과를 내는 것이다.

    2. 성과를 올리는 것은 습득될 수 있다.

우리는 모두 경영자다. 각자 자신의 인생을 경영해야 한다. 삶의 경영자로서 목표가 있는 인생은 필요하다. 목표를 세우는 데 그치면 안 된다. 내가 세운 목표를 가시화할 수 있는 방법으로 적을 것을 권한다. 적으면 자신을 자극하게 되고 열정을 회복하게 만든다.

    목표 적어놓기

    1. 될지 안 될지 절대로 고민하지 말라.

2. 가능하면 구체적일수록 좋다.

3. 처음부터 빈 칸을 모두 채우지 않아도 된다.

4. 가족끼리 친구들끼리 또는 동아리에서 함께 하면 더 좋다.

— 성과를 지배하는 바인더의 힘, 강규형, 스타리치북스

적어 놓고 매일 외치는 작업은 『생각의 비밀』, 『알면서도 알지 못하는 것들』의 김승호 회장도 우리에게 말하는 바다. 그것을 실천하는 자와 안하는 자의 차이가 성공의 차이를 만드는 것이라고 외치고 있다. 그는 목표를 정하고 하루 100번씩 외쳤다. 외친 만큼 성공할 수 있었다고 말한다. 경험한 사람이 말하는데 우리가 해볼 만하지 않을까?

목표를 정하고 외치는 것이 별로 어렵지 않은데도 많은 사람들이 무시하며 시도하지 않는다. 나도 그런 부류였다. '내가 뭘 할 수 있겠어?'라며 낙심하고 좌절했던 모습을 버리기로 결정한 후 그들의 이야기에 귀 기울였고, 내가 할 수 있는 방법을 찾아보는 데 초점을 맞추게 되었다.

지금부터라도 목표를 적어놓고 외치는 데 힘쓰며 하루하루 실천해야 한다. 그런 작은 변화를 시도한 자만 큰 성공을 맛볼 수 있다. 힘쓰는 마음을 표현하는 소심(釗心)에 그 노력이 가미되어야 한다.

나도 지금 실천하고 있다. 이 책에도 적어놓고 한 걸음씩 발전하는데 나를 떠밀기로 했다. 내가 '베스킨라빈스'를 오픈하고 매장을 운영할 때 많은 분들이 와 해준 이야기 중 1위는 이렇다. "저도 하려고 준비하고 알아봤는데 사장님이 먼저 하셨네요." 나와 같은 생각을 하는 사람은 500명이 넘는다. 그 중 실천하는 단 한 명만 있을 뿐이다.

누구나 같은 생각을 한다. 다만 시도하는 사람이 별로 없을 뿐이다. 그렇다면 오히려 우리에게 좋은 기회가 될 수 있다. 남들이 시도하지 않고 움직이지 않는데 나만 움직이면 되는 것 아닌가? 쉽게 받아들이니 움직이는 것도 별로 어렵지 않다.

내가 성공하는 인생이 되겠다고 결심하고 시작하는 것은 어렵지 않다. 성공까지의 과정이나 결과는 하늘의 뜻이다. 그것까지 내가 하려고 하지 말고 내 위치에서 할 바를 다하면 된다. 그렇게 하루하루 성실히 살아가면 된다.

책도 쓰겠다고 다짐한 후부터 사방팔방 말하고 다녔다. "조만간 책 나온다. 몇월에 나온다. 지금 완성은 얼마나 되었다." 이런 식으로 만나는 사람마다 계속 말했다. 내가 한 말에 책임지기 위해 하루하루 노력하다보니 이렇게 책이 완성되는 것을 체험했다. 물론 마지막에는 데드라인 압박감에 밤잠도 설치고 새벽에 일어나 메모하는 등 꽤 노력하긴 했다.

고수와 하수는 종이 한 장 차이다. 디테일에서 승부가 난다. 큰 아이디어는 누구나 있지만 그것을 적은 후 어떻게 이룰지 집중하는 사람이 고수가 되는 것이다. 똑같은 선에서 출발하더라도 결과는 너무나 다르다. 우리가 일깨우는 삶을 살아야 할 이유다.

성공과 실패는 디테일에서 판가름난다.

목표를 이루는 데 꼭 필요한 요소를 꼽으라면 창의성을 꼽고 싶다. 하루가 다르게 변해가는 현 세상에서는 기존의 업무를 그대로 매일매일 반복하는 사람은 기계나 컴퓨터가 대체할 일 순위가 될 확률이 높다. 창의성에 대해 많은 사람들이 어렵고 새로운 뭔가를 끄집어내야만 하는 것으로 오해하는 경우가 많다. 세상에 없는 것을 개발하는 것이라고 착각한다. 창의의 개념을 너무 어렵게 생각해 그렇다.

1996년 스티브 잡스는 한 인터뷰에서 창의성에 대해 자신의 견해를 이야기했다.

"창의성은 뭔가를 뭔가에 연결하는 능력에 불과합니다. 뭔가 창의적인 것을 해낸 사람에게 그것을 어떻게 해냈느냐고 물으면 그는 죄책감을 가질지도 모르겠습니다. 그가 뭔가를 실제로 해낸 것이 아니라 그 뭔가를 본 것에 불과하기 때문이죠. 그런데 시간이 지나면 그 뭔가가 그에게는 당연하게 여겨집니다. 그가 자신의 경험들을 연결해 새로운 것을 합성해낼 수 있었기 때문이죠. 그가 그렇게 할 수 있는 것은 남들보다 더 많은 경험을 했거나 자신의 경험에 대해 남들보다 더 많이 생각한 덕분입니다."

– 1등의 습관, 찰스 두히그 지음, 강주헌 옮김, 알프레드, p.322

목표가 있는 인생에 우리의 창의성을 덧붙여 새로운 인생의 길을 만들어야 한다. 더 나은 인생을 살아가야 한다. 매일 자신의 경험을 더 깊이 생각하고 더 나은 인생을 살기 위해 노력하는 의미 있는 삶이 하루를 성장하게 만들고 목표에 더 가까운 곳으로 인도하는 것이다. 성공의 길은 수없이 많은 방향에 있다. 그 방향을 결정하고 우리의 인생을 더 나은 곳으로 인도하길 바라는 길에 목표를 정하고 외치고 실행하는 일을 나누고자 한다.

『생각의 비밀』을 읽으면서 소규모 장사에서 시작해 프랜차이즈 사업으로 기업가 반열에 오른 김승호 사장의 이야기를 남겨놓고 싶어졌다. 공감되는 부분이 많지만 요약된 몇 가지만 적어놓는다.

1. 처음 성공을 이루면 자신의 능력이라고 생각하지만 크게 성공을 이룬 사람은 그 성공을 행운이라고 생각한다.

2. 성공한 자는 회사를 키워 팔려고 하지만 크게 성공하는 자는 죽을 때까지 회사를 가지고 있으려고 한다.

3. 성공한 자는 하루 20시간씩 일하고 크게 성공한 자는 하루 8시간만 일한다.

4. 성공한 자는 규정과 규칙을 통해 성장을 유지하려고 하고 크게 성공한 자는 규정과 규칙을 넘어섬으로써 성공한다.

5. 성공한 자는 선배에게서 배우려고 하고 크게 성공한 자는 후배에게서 배우려고 한다.

6. 성공한 자는 회사를 바라보나 더 큰 성공을 하려는 자는 산업을 바라본다.

7. 성공한 자는 조사와 기획을 좋아하나 크게 성공한 자는 직감과 통찰을 믿는다.

8. 성공한 자는 경쟁자를 이기는 데 몰두하고 크게 성공한 자는 자신을 이기는 데 힘쓴다.

9. 성공한 자는 내 울타리 안의 경쟁자들과 싸우느라 정신 없으나 크게 성공한 자는 울타리를 뚫고 들어오려는 경쟁자도 경계한다.

10. 성공한 자는 기억력에 의존하나 더 크게 성공한 자는 메모와 기록을 믿는다.

11. 성공한 자는 물품을 갖고 더 크게 성공한 자는 현금을 갖는다.

12. 성공한 자는 아끼는 데 관심이 크고 크게 성공한 자는 버는 데 관심이 많다.

13. 성공한 자는 자신의 능력보다 높여 살고 더 크게 성공한 자는 자신의 능력보다 낮춰 산다.

⋮

완벽히 공부하라

"목표가 없어요, 직장생활이 힘들어요, 집중이 잘 안 돼요, 영어를 잘하고 싶어요, 대인관계가 힘들어요, 미래가 불안해요, 이직하고 싶어요, 대학생활에 적응하지 못 하겠어요, 항상 시간이 부족해요."

『완벽한 공부법』 머리말에 있는 말이다. 공부에 대한 말이지만 나는 이 말이 소심한 사람들이 자주 쓰는 말이라고 생각한다. 그런 의미로 생각하니 공부하는 방법과 소심에도 연결 부분이 있다는 것을 알게 되었다.

망치를 드는 순간부터 우리 눈에는 못만 보이게 되어 있다. 망치로 때려 박을 것만 찾는다. 집에서 아내의 부탁으로 못을 박을 때를 생각해봤다. 나와 마찬가지로 대부분 사람들은 못 한 개로 만족하지 못한다. 망치를 내려놓기까지 또 다른 할 것은 없는지 자꾸 못박을 장소만 찾게 된다. 이렇듯 사람들은 자신의 손에 든 것에 따라 다음의 행동을 이어간다. 우리가 무슨 생각을 하고 어떤 일을 계획하고 있는가는 그래서 중요하다.

공부에 대해 이야기하고 싶다. 평생 공부해야 하고 인생을 마무리할 때까지 쉼없이 공부가 이뤄져야 하는 것을 깨닫고 있을 것이다. 대학 졸업하고 '공부 끝'을 외치는 사람들의 결말은 불보듯 뻔하다. 뒤처지기만 할 뿐 발전이 없다. 나도 평생 공부의 필요성을 느끼고 항상 책을 읽거나 강연을 듣기 위해 노력하고 있다.

학교를 졸업하는 순간, 학교 공부는 끝난다.
그러나 인생은 마지막 눈을 감을 때까지 졸업이 없다.

얼마 전 3p 바인더를 구입했다. 3p 자기경영연구소에서 판매하는 바인더를 통해 '나의 인생을 어떻게 설계하고 정리하고 스케줄대로 계획적인 인생을 살 수 있을 것인가'를 고민하고 선택한 일이다. 강규형 대표의 『성과를 지배하는 바인더의 힘』을 감명 깊게 읽고 세미나 신청 후 바인더도 구매했다. 집에 돌아와 곧바로 실천해보면서 흥분을 주체할 수 없었다. 지금은 바인더 사용 재미를 느끼고 있다.

좋은 3색 볼펜을 구입하고 노트 빈 공간에 나의 스케줄을 기입하면서 전에 느껴보지 못했던 쾌감을 느꼈다. 뭔가 자꾸 쓰고 싶다. 빈 공간만 보이면 글씨를 쓰고 싶고 사소한 일과까지 정리해 노트하고 싶어진다. 일일계획표가 채워지는 데 쾌감이 있다. 쓸 일이 점점 많아지고 좋은 아이디어가 떠오르고 있다. 여러 색으로 구분하면서 정리한다. 완성된 스케줄을 보는 흐뭇함은 말로 표현할 수 없을 정도다.

아직 결과물로 나온 것이 없는데도 쓰는 작업만으로도 이렇게 행복해질 수 있다는 데 놀랐다. 책을 집필하다보니 손글씨를 쓰기보다 컴퓨터 자판을 더 많이 치게 된다. 바인더를 사용하면서 손으로 글씨쓰는 새로운 재미를 찾게 되었다.

작은 깨달음이지만 이렇게 자신의 손에 든 것에 따라 다음 일을 무엇으로 채울지 결정하게 된다는 것을 배웠다. 공부도 그렇게 연결된다. 내가 하고 싶은 것을 찾는 것이 우선이지만 무턱대고 분야를 찾아 막무가내로 접근하면 안 된다. 적절한 계획과 공부 방법에 대한 이해가 필요하다.

독서하면서 느낀 바가 있다. 책을 읽는 방법도 제대로 모르는데 책을 잘 읽겠다고 무작정 시작하는 것은 먼 길로 돌아가는 힘든 일이다. 많은 시간이 지나면 해결될 일이지만 의외로 낭비하는 시간이 많다. 지

신에게 적합한 독서법을 찾는 노력이 가미 된다면 같은 시간 동안 공부하더라도 몇 배 효과를 거둘 수 있다.

먼저 나 자신의 스타일을 알아야 한다고 생각한다. 내가 어떤 식으로 공부하는 것을 좋아하는지, 언제 더 집중할 수 있는지 알아내는 것이 필요하다. 내가 무엇을 알고 무엇을 모르는지 알아야만 필요한 공부를 효과적으로 할 수 있지 않을까?

메타인지라는 것이 있다.

메타인지 – 자신의 인지 과정에 대해 생각해 자신이 아는 것과 모르는 것을 자각하는 것과 자신의 문제점을 찾아내고 해결하며 자신의 학습 과정을 조정할 줄 아는, 지능과 관련된 인식

1976년 미국의 발달심리학자인 존 플라벨이 만든 용어다. 메타는 about(~에 대해)의 그리스어 표현으로 메타인지는 자신의 인지 과정에 대한 인지능력을 말한다. 즉, 내가 무엇을 알고 무엇을 모르는지, 나의 행동이 어떤 결과를 낼 것인지 아는 능력이다. 상위인지 또한 초인지

로 번역된다. 메타인지는 공부서 절대적 영향을 미친다.

– 완벽한 공부법, 고영성. 신영준 지음, 로크미디어, p. 56–57

EBS 제작팀은 수능 점수 상위 0.1% 아이들과 평범한 아이들의 차이를 연구했다. 〈학업청취도와 기억력의 상관관계〉 테스트를 진행했다.

1. 기억력 테스트로 연관성이 없는 단어 25개를 단어당 3초씩 듣고 외워야 한다. 학생들은 3분 동안 기억나는 단어를 쓰는 테스트다. 조사 결과, 기억력에서 두 그룹은 평균 8개 내외의 단어를 기억해냈다. 큰 차이가 없었다.

2. 암기 후 쓸 수 있는 단어 개수를 테스트했다. 여기서 큰 차이를 보였다. 일반 학생들은 아무도 자신이 몇 개의 단어를 기억하고 있는지 적지 못했다. 상위 0.1%의 학생들은 한 명을 제외하고 모두 몇 개의 단어를 쓸 수 있는지 정확히 답했다.

두 실험을 하면서 얻은 결론은 자신이 얼마나 기억할 수 있는지 객관적으로 알고 있는 학생들의 성적이 더 높았다는 사실이다. 메타인지를 제대로 하는지 여부가 결국 성적 차이로 드러나는 것이다. 메타인지가 높은 학생이 학업성취도가 높으며 더 많이 공부한다는 것을 밝혀냈다.

『완벽한 공부법』은 또 말한다. 메타인지능력이 높다는 것은 무슨 의미인가? 자신이 무엇을 알고 무엇을 모르는지 알기 때문에 장점을 극대화하고 자신의 단점을 최소화한 학습전략 즉, '공부법'을 창조할 수 있다는 말이다.

공부하려면 자신을 알아야 한다. 내 자신에 대한 정확한 수준을 인지하지도 못하고 무조건 공부 시간을 많이 투입한다고 될 일이 아니다. 자신에게 맞는 공부법을 개발하는 작업까지 할 수 있다는 것은 그만큼 자신을 제대로 파악하고 있다는 것이다. 메타인지가 높다는 것이 그 의미다.

자신의 역량 파악부터 시작하자. '너 자신을 알라.' 소크라테스가 괜히 한 말이 아니다. 자신의 수준을 알고 어떤 상황에 직면해야 공부할 수 있을지 고민하고 제대로 된 환경을 만들어야 한다.

공부하고 싶은가? 내가 어떤 분야의 공부를 좋아하는지, 어떤 환경에서 공부하는 것이 좋은지 알아야 한다. 그 후 공부할 상황을 만들어야 한다. 자신 파악부터 해야 한다. 자신에게 어울리는 환경을 만들자.

자신이 아는 것인지 모르는 것인지, 어떻게 공부하는 것이 더 적합한지, 공부하는 데 어울리는 환경이 될 수 있는지 등을 알아야 한다. 남들이 하는 대로 따라한다고 될 일이 아니다. 나만의 스킬이 만들어져야 한다.

독서하고 싶다면서 집에서 배불리 밥먹고 편한 소파에서 은은한 조명에 잔잔한 음악과 함께 하는 사람들이 있다. 물론 그 환경에 최적화된 사람들도 있겠지만 대부분 잠이 쏟아져 독서를 금방 포기할 것이다. 자신의 물리적 환경을 변화시켜 할 수 밖에 없도록 만드는 것이 필요하다. 다른 말로 환경설정이라고 한다.

평생 공부하는 소심남이 되어 세상을 향해 더 나은 인생을 살아가길 바란다.

'지피지기(知彼知己)면 백전백승(百戰百勝)'

고대 중국 병법서『손자병법(孫子兵法)』의「모공편(謀攻篇)」에 나오는 말로 '백 번 싸워 백 번 이긴다'는 뜻이다. 비슷한 말로 '백 번 싸워 한 번도 지지 않는다'는 뜻의 '백전불패(百戰不敗)'나 '백 번 싸워도 한 번도 위태롭지 않다'는 뜻의 '백전불태(百戰不殆)'도 있다.

중국 춘추시대 손자(孫子)로 알려진 손무(孫武)는『손자병법』「모공편」에서 용병(用兵) 방법 중 나라와 군대, 병사들을 파괴하는 깃보다 온진히 하는 것이 상책이라고 밝힌다. 그러면서 "백전백승이 최선이 아니라 싸우지 않고 적을 굴복시키는 것이 최선이다(百戰百勝 非善之善也 不戰而屈人之兵 善之善者也)"라고 말한다. 나아가 그는 군대를 동원해 적을 치는 것은 지모(智謀)나 외교(外交)를 통한 방법보다 못한 하책이라며 어쩔 수 없을 때만 사용해야 한다고 밝힌다.

『손자병법』의 원문은 다음과 같다.

"적을 알고 나를 알면 백 번 싸워도 위태롭지 않고 적을 알지 못하고 나를 알면 한 번 이기고 한 번 지며 적을 알지 못하고 나도 알지 못하면 싸울 때마다 반드시 패한다(知彼知己 百戰不殆 不知彼而知己 一勝一負 不知彼不知己 每戰必敗)."

⋮

독서로 나를 업그레이드

"여행은 서서 하는 독서이고 독서는 앉아서 하는 여행이다."

서울 마포구 교보문고 합정점이 오픈했다. COEX몰에 스타필드 서점 별마당 도서관이 오픈했다. 이 두 가지만 보고 오프라인 서점의 부활을 예측하기는 성급하겠지만 긍정적 인식이 확산되고 있음은 틀림없다고 생각한다. 문화를 대변하는 서점의 확산이 우리나라의 미래를 조금이나마 밝힌다고 본다. 더 나은 세상으로 변화하길 기대하는 마음도 더해 그렇다. 작은 책방이 늘어난다는 소식도 너무 기쁘다.

한국 출판문화산업진흥원 관계자는 "오프라인에서 훑어본 책을 값싼 온라인에서 주문하던 소비 형태가 조금씩 변화하고 있다."며 "인터넷으로 주문한 책을 오프라인 서점에서 찾는 '바로드림' 서비스 등으로 가격차가 없어지면서 서점 방문객이 늘어난 것으로 보인다."고 말했다.

해외 출판시장에서도 스마트기기에 대한 피로감이 커지면서 내용을 직접 확인하는 동시에 책장을 넘기는 '물성(物性)'을 즐길 수 있는 종이책 소비 회복세가 뚜렷하다.

― 대형 온-오프라인 서점들, 도심 속 서점 개설 잇달아. 동아일보. 손택균 기자. 2017-5-12

요즘 책이 뜨고 있다. 매우 바람직한 상황이어서 흐뭇하다. 나도 작가이니 말이다. 방송에 작가들이 패널로 나오고 강연을 내세우는 프로그램이 하나둘 생기기 시작한다. 책을 소개하고 내용을 토대로 토론하는 프로그램에 나오는 책은 순식간 베스트셀러 반열에 오른다. 많은 사람의 입에 오르내리는 시점에 호응까지 겹쳐 긍정적인 모습이 목격된다. 독서의 중요성이 자연스럽게 확산되고 있다.

책을 통해 접하는 새로운 시각이 우리 인생을 발전시킨다. 책이 중요하고 책을 통해 인생이 바뀌었다는 사람들이 수도 없다. 원론적인 이야기는 뒤로 하고 우리는 위로 받고 싶은 세대로 살아가고 있다.

전까지는 '이렇게 살아야 성공한다.', '나는 이렇게 성공했다.' 등 가르치는 식의 책이 대세였다. 기술적 요소를 알려주고 인생 목표를 설계해준 책이 유행이었다. 하지만 지금은 다르다. 위로가 필요한 사람들

이 많아진 세상이다. 그들에게 위로의 말을 전하고 세상 살아가는 것이 힘들다며 서로 다독이는 책이 인기다. 공감하는 책이 인정받는다.

시대가 바뀌며 스마트폰으로 책읽는 것이 대세인 적이 있었다. 시간이 흐를수록 피로도가 쌓이고 지쳐가고 있다. 책을 넘기는 손맛을 지울 수 없는 사람들이 바다에 나간 연어처럼 종이책으로 돌아오고 있다.

책읽는 방법을 좀 더 이야기해보자. 책읽을 때 주의할 부분이 있다. 자신의 수준보다 조금은 목표를 상향 설정해 읽는 것이 좋다고 생각한다. 자신의 역량에 못 미치는 독서 수준은 금방 지겨워질 수 있다. 한마디로 유치하게 느껴지고 재미가 없다. 성취욕이 생기려면 반드시 꼭 자신보다 조금 높은 목표를 설정하는 것이 필요하다.

너무 어려운 목표를 설정해도 부작용이 있다. 자신의 한계를 넘지 못하는 목표에 좌절하기 쉽다. 자신의 수준을 파악한 후 적당한 목표를 이루기 위해 달려가는 것이 좋은 방법이다. 익숙했던 환경을 변화시켜 더 나은 환경으로 업그레이드시키기 위해 조금의 충격이 필요하다.

1950년대 생물학자 조지프 코넬은 생물 다양성을 연구하기 시작했다. 한곳에서는 다양한 생물의 종이 존재하는데 그곳에서 멀지 않은 다른 지역에서는 한 종류의 생물만 존재하는 경우가 발견되었다. 이유를 알아보기 위해 여러 지역을 조사했다.

그가 알아낸 것을 정리하면 생명을 창조해내는 자연의 역량은 일시적으로 자연환경에 충격을 가하는 교란, 즉 나무가 쓰러지거나 가끔 밀려오는 폭풍 등의 영향을 받는 듯하다. 그러나 생물 다양성이 풍부해지기 위해서는 교란이 너무 커도 안 되고 작아도 안 된다. 적당한 규모여야 한다. 코넬의 표현을 빌리면 '중간 정도의 교란'이 필요하다.

코넬의 주장에 따르면 '특정 지역에서 생태적 교란이 너무 드물지도 너무 빈번하지도 않을 때 종의 다양성이 극대화된다'고 한다. 생물학에서는 이런 내용을 '중간 교란 가설'이라고 부른다. 종의 다양성을 설명하는 수많은 이론이 있지만 중간 교란 가설은 가장 기본적인 이론으로 여겨진다.

– 1등의 습관, 찰스 두히그 지음, 강주헌 옮김, 알프레드, p.332

독서도 그렇다. 뇌를 자극하기 위해 적당한 교란 즉, 적당한 높이의 상위 수준의 자극을 주어야만 제대로 된 독서를 할 수 있다. 뇌가 활성화되고 많은 자극을 받아 확장되는 것을 느끼게 된다.

너무 뻔한 내용만 계속 배울 것이 없다. 너무 어려운 수준의 책만 읽으면 독서를 부정적으로 평가하게 되면서 차츰 손에서 책을 놓게 된다. 적당한 자극이 필요한 것을 깨달았다면 내 수준보다 약간 높은 위치에 목표를 설정하고 독서해야 한다. 우리의 뇌는 외부자극에 반응한다. 긍정적인 반응을 원한다면 적절한 높은 수준의 자극을 해줘야 한다.

독서가 필요한 이유는 많지만 상위 학년으로 올라갈수록 문제에 대한 독해력이 필요해지기 마련이다. 수능문제에 출제되는 지문의 경우 학교 교과서나 참고서에 나올 확률은 거의 0%에 가깝다. 주입식교육을 하고 있지만, 정작 수능에 출제된 문제는 생각하고 이해하고 새로 인식해 풀어보라는 식의 문제가 대부분이다.

처음 보는 지문을 읽고 자신의 방식으로 이해한 후 문제를 풀어내야만 정확한 점수가 나올 수 있는 현재의 수능시험제도가 되었다. 처음 보는 내용을 읽고 이해하는 데 필요한 것이 독해력이다. 독해력을 키우는 방법은 독서 외에 왕도가 없다. 많은 책을 읽고 자신의 방식으로 이해해야 한다. 독서와 더불어 사색이 필요하다. 그런 의미에서 독서가 중요하다는 것이다. 독서를 통해 급성장이 있거나 인생을 뒤바꾼다는 것보다 작은 것부터 장점을 흡수해야 한다.

〈세상을 바꾸는 시간 15분〉 강연 중 〈사교육 걱정 없는 세상〉의 송인수 대표의 강연을 보면서 많이 웃었다. 사교육 때문에 우리 아이들이 망가지고 있다는 그의 문제 제기와 해결책을 보면서 더 다짐했다.

현재처럼 우리 아이들이 필요하다고 극구 우기지 않는 한, 사교육을 시키지 않기로 말이다. 선행학습의 문제점을 듣고 보고 알고 있다. 그런 것을 내 아이들에게 시키지 않을 작정이다. 공부가 인생의 전부가 아니라고 말하지만 정작 아이들에게 다른 이야기를 하는 어른들이 많다. 답답하다.

강연 내용 중 초등학생의 문해력 부족을 지적하는 내용이 있어 옮겨본다.

주제 : 나는 친구를 배려하는 마음이 있습니까?
친구를 배려는 마음이 없다. 친구를 배면 경찰서에 잡혀갈 수도 있으니까? 병원비를 낼 수도 있으니까요. 친구를 배기 싫어요.

이 초등학생은 배려라는 단어를 모른다. 칼로 사람을 베는 것으로 이해하는 정도다. 독서하지 않고 자신의 자발적인 이해를 하지 않는 사교육의 폐해를 드러내는 부분이다.

또 다른 사례다.

주제 : 비가 많이 와 큰 피해를 당한 수재민에게 어떤 말로 위로하면 좋을지 쓰시오.

재민아~! 힘들겠지만 희망을 가져.

수재민이라는 단어를 사람 이름으로 생각하는 수준의 초등학생의 이야기다.

물론 한 면만 보고 이렇게 말하는 것일 수도 있다. '귀여운데 왜 그래?'라는 사람도 있겠다. 하지만 지금 아이들은 스마트폰에 노출되고 게임에 중독되어 있다. 우리 아이들의 모습이다. 환상적인 그래픽과 스토리와 음악을 배경으로 만든 게임에 빠진 아이들이 글자와 빈 공간만 있는 2D 평면 책으로 하는 독서가 재미있을 리 없다. 이해한다. 우리의 입맛이 MSG 화학조미료에 길들여졌는데 아무 양념이 곁들여지지 않은 건강식이 익숙해질 리 없다.

독서도 그렇다. 독서하는 뇌로 의도적으로 인도하지 않으면 아이들은 독서를 통해 아무것도 느낄 수 없다. 이것이 현실이다. 화려한 이미지가 쉴새없이 움직이고 현란한 영상과 음향이 있는데 재미없는 2차원 독서를 할 리 없다.

따로 가르치거나 연습해야 한다. 독서할 수 있는 뇌로 만들어야 한다. 부단한 연습 결과가 나타날 수 있어야 한다. 독해력 수준을 높여야만 질문의 핵심을 찌를 수 있고 자신의 견해를 올바로 피력할 수 있다. 이해도 못했는데 객관식 문제만 잘 찍는다고 될 일이 아니다.

문해력과 독해력이 필요한 이유다. 제대로 된 커뮤니케이션의 첫 시작은 서로 말을 이해할 수 있는 능력이다. 부단히 연습해야 한다. 속뜻까지 미루어 짐작할 수 있는 통찰도 그 연장선이다. 작은 노력의 결과가 독서 습관을 만들 수 있다. 수많은 선조들도 이야기했다. 독서를 통해 세상 모든 것을 배울 수 있다.

위인들뿐만 아니라 지금 현 시대 리더 모두 공통적으로 하는 말이 독서다. 독서를 통해 성장할 수 있는 길을 가라고 한다. 왜 그럴까? 질문해보았는가?

시대가 바뀌었다고 책이 왜 필요하냐고 반문할 수 있을 것도 같다. 하지만 아무리 스마트시대가 발전했다고 해도 책이 금방 없어지거나 역할이 축소되지는 않는다.

요즘 독서 모임이 늘고 오프라인 서점들이 증가하고 있다는 뉴스를 접한다. 매우 바람직한 현상이라고 생각한다. 책을 통해 더 나은 인생을 설계해야 한다. 남늘의 인생 노하우를 압축해 놓은 책을 통해 인생을 성장시켜야 한다.

수많은 작가와 리더들의 이야기에 귀 기울여야 한다. 그들을 만든 책의 역할을 우리도 누려보면 좋겠다. 인생을 통해 독서가 나의 반려자가 될 수 있는 인생이 얼마나 멋진지 생각해보자. 나를 성장시키는 독서, 인생을 바꾸는 독서를 내 스스로 할 때 내 인생은 과거의 가난에서 벗어날 수 있다.

읽으면 쓰고 싶어진다. 쓰면 행하고 싶어지고 말하고 싶어진다. 더 나은 인생을 살겠다고 말했는데 실천하지 않겠는가? 아니라고 본다. 자신이 말했는데 100%는 아니어도 50%는 지키려고 노력하지 않겠는가? 입밖으로 내뱉은 이야기를 통해 나의 미래가 결정된다. 내가 선포하는 긍정적 말의 힘이 긍정적 현실을 만들어 내게 가져오는 것이다.

말하고 적으라는 수많은 리더들의 이야기는 거짓이 아니다. 물론 적기만 하라는 뜻은 아니다. 적고 행하고 노력하고 최선을 다해야한다. 그런 연결고리들이 순차적으로 발전했을 때 최고의 결과를 도출할 수 있다.

나를 업그레이드시켜야 한다. 내 인생을 현재의 위치에서 안주할 수 없다. 더 나은 더 멋진 삶으로 변화시켜 나를 바꾸고 가정을 바꾸고 사회를 바꾸고 세상을 바꿔야 한다.

우리 인생에 뭔가 남기고 떠나야 한다. 호랑이는 가죽을 남긴다. 나는 무엇을 남길 것인가? 이름을 드높이는 것은 너무 멋지고 자랑스러운 일이다. 그렇게 되어야 한다. 그것뿐만 아니라 더 나은 세상을 만드는 밑거름이 되는 작업도 해야 하지 않을까?

앞으로 세상은 점점 더 길어진다. 정년퇴직하고 이 세상을 떠날 날만 기다릴 수는 없다. 앞으로 우리 인생은 운이 없으면 150살까지도 살 수 있다고 한다. 은퇴 후 삶이 최소 50년이다. 남은 인생을 어떻게 보낼 것인가. 자신의 직업을 끝까지 지킬 수 있을까? 스스로 질문해보자. 암담한 현실에 답답해질 것이다.

더 나은 인생, 더 나은 삶이 남의 것이 아니다. 내 인생이다. 내가 살아야 할 내 인생에 대해 더 나은 삶으로 업그레이드하는 것을 다른 사람에게 맡길 것인가? 내 스스로 해야 한다. 앞으로 다가올 모든 인생의 업그레이드를 꿈꾸고 노력하고 실천해야 한다.

'독서만이 살 길이다.'라고 말하지 않겠지만 독서가 최소한의 출발점이라고 당당히 말할 수 있다. 독서하는 소심남의 모습을 통해 더 나은 세상을 만드는 데 일소하길 바란다.

Chapter
07

소심穌心 절약하는 마음 穌

穌

1. 깨어나다. (잠이)깨다
2. 소생하다(蘇生 · 甦生--)(=蘇), 되살아나다
3. 살다
4. 긁어모으다
5. 가득 차다

蘇(소)와 통자(通字)

관련 한자

이형동의자(이체자)
甦 깨어날 소/긁어모을 소 (통자)
蘇 깨어날 소/긁어모을 소 (간자)

⋮

소심(穌心)한 남자

미국의 유명 경영 컨설턴트 데일 카네기의 일화다. 한창 활동하던 시절 대공황이 닥쳤다. 모든 사람이 힘겨워하는 가운데 그의 상황도 나날이 악화되었고 마침내 깊은 절망에 빠졌다. 희망이 없던 그는 강물에 몸을 던지려고 강쪽으로 향하고 있었다. 한 남자가 소리쳐 그를 불렀다. 뒤돌아보니 두 다리를 잃은 사람이 바퀴가 달린 판자 위에 앉아 있었다.

그도 역시 절망적인 상황이었다. 하지만 얼굴에 미소를 짓고 카네기에게 말을 걸었다.

"연필 몇 자루만 사주시겠습니까?"

카네기는 주머니에서 1달러 지폐 한 장을 꺼내주고 강을 향해 다시

걸어가려고 했다. 그러자 그는 바퀴 달린 판자를 열심히 굴리며 소리쳤다.

"이봐요, 선생님! 연필 가져가셔야죠."

카네기는 고개저으며 대답했다.

"나는 이제 연필이 필요없어요."

하지만 그는 포기하지 않고 카네기를 계속 따라왔다. 연필을 가져가든 돈을 다시 가져가라고 말했다. 더 놀라운 것은 그는 계속 미소를 머금고 있다는 사실이었다. 남자의 얼굴에는 그 누구보다 행복한 미소가 가득했다. 그리고 카네기는 그의 연필을 받아든 순간, 자살할 마음이 이미 사라져버렸다.

훗날 카네기는 자서전에 이렇게 표현했다.

"당시 나는 살아갈 희망이 없었지만 두 다리가 없으면서도 웃음을 잃지 않았던 그를 보고 나도 살아야겠다고 결심했다."

살아가면서 슬픈 일과 기쁜 일을 겪는다. 모든 사람이 겪는 일이다. 슬픔이 지나고나면 기쁨이 찾아온다. 기쁨 뒤에 슬픔이 오는 경우도 있다. 어떤 경우라도 희망의 끈을 놓지 않는다면 기쁨은 반드시 다시 찾아온다. 상황이 어렵고 힘들고 좌절하게 만들지만 굴복하지 않고 이겨내는 것이 필요하다.

데일 카네기의 경우처럼 나 혼자만 잘 살고 있다고 모든 것이 해결되지는 않는다. 세계적 대공황, IMF, 금융위기 등을 보면서 세계 경제가 우리 생활과 이렇게 밀접한 관계가 있다는 것을 직접 체험했을 것이다. 안전운전을 나만 잘한다고 되는 것이 아니다.

우리는 경제가 필요한 세상을 살아가고 있다. 자유시장경제를 표방하는 우리나라에서 살아가기 위해서는 경제상식이 필요하다. 경제에 대한 이해가 필요한 시대가 되었다. 돈에 대한 이해를 위해 경제 이야기를 안 할 수 없다. 돈이 있냐 없냐에 따라 인생이 변한다. 경제지식의 경우도 그렇다.

세상 돌아가는 모든 것이 경제법칙에 의해 이뤄진다. 행동경제학, 도시경제학, 노동경제학, 국제경제학, 환경경제학, 기술경제학 등으로 확대되고 있다. 지금도 더 많은 경제학이 개발되고 있고 만들어지고 있다. 이런 시대에 경제를 모르고 세상을 살아간다는 것은 장님이 지팡이 없이 고속도로에 나가는 것과 같다. 그만큼 위험하고 다칠 확률이 높다.

경제적인 부분에서 다친다는 것은 점점 생활고에 빠진다는 의미이고 빚지고 마이너스 인생으로 살아간다는 것이다. 한 마디로 점점 어려워진다는 것이다. 우리는 간단한 경제 상식도 모른 채 살아가고 있다. 세상은 경제를 모르는 우리를 위해 경제 관련 커리큘럼을 준비하고 교육해주지 않는다. 모르면 눈 앞에서 코베어간다. 그것이 무서우면 스스로 공부해야 한다. 남에게 의지할 수 없는 세상이다.

『부자 아빠 가난한 아빠』로 유명세를 얻은 로버트 기요사키는『부자들의 음모』에서 이렇게 말한다. 우리 스스로 경제를 알아야 하고 재산을 지킬 수 있는 금융지식을 쌓아야 한다고 말이다. 그의 말에 동의한다.

부자들은 자신들이 쌓아온 부를 대를 이어 발전, 성장시켜간다. 그렇게 부를 확장하고 유지하기 위해 자녀들에게 철저히 금융교육을 시키고 경제교육에 많은 시간을 할애한다. 우리 일반인들과 출발부터 다르다. 100m 달리기 시합에서 그들의 자녀는 50m 앞에서 출발한다. 상실감에 많은 사람들이 좌절하는 것은 당연하다.

대부분 평범한 서민들은 경제의 중요성을 인식하지 못한다. 그저 많은 월급 밀리지 않고 받아 아끼고 절약하면 부자가 될 것이라고 생각한다. 틀린 말은 아니지만 그렇다고 옳은 말도 아니다. 그런 가난한 사들의 무지를 은행과 부자들은 이용하고 농락하고 빼앗아간다.

　제대로 된 교육이 필요하다고 지적하는 사람들도 없다. 그러니 당하는 데 익숙하다. 모른다고 불러놓고 가르쳐주지 않는다. 가르쳐줘도 어렵다고 거부하기만 한다. 우리에게는 체계적인 금융교육이 필요하다. 알려주는 사람이 없다고 기다리지 말자. 수동적으로 누가 해주기를 바라면 현재의 위기에서 벗어날 수 없다. 지금 당장 공부하고 실천해보는 방법을 찾아보자.

　『바빌론 부자들의 돈 버는 지혜』를 보면 부자가 되는 법칙에 대해 이야기한다. 우리 모두 알고 있지만 실천하지 않는 것을 다시 짚어준다. 단순한 진리를 읽어보고 누구나 아는 이야기를 읽을 필요가 없다고 생각한다. 그들은 말한다. '세상은 바뀌었다. 지금은 그런 식으로 부자가 될 수 없다'라는 생각으로 하루하루 지출을 늘리며 산다. 지금 당장 내가 할 수 있는 일이 없다면서 말이다. 부에 대한 근본적인 이야기에 귀 기울이지 않는다. 교만이다. 진리는 단순하고 단순한 진리가 힘이 있다.

요즘 뜨는 트렌드가 있다.

욜로 YOLO.[You only live once!]

인생은 단 한 번뿐이니 후회없이 이 순간을 즐기며 살 것. 한 래퍼의
노래 구절에 등장한 '욜로'라는 모토는 버락 오바마 미국 대통령의 건강
보험개혁안을 홍보하는 비디오에도 쓰였다. 불확실한 미래에 부딪힌
젊은이들은 저축 대신 소비를 선택했다. 달라진 소비 패턴은 경제구조
도 바꾸고 있다.

한 마디로 '지금 이 순간을 즐기자~!' 정도로 해석할 수 있겠다. 나도
욜로(YOLO)족들의 모습이 부럽기만 하다. 그렇게 인생을 즐기며 살고
싶다. 단 한 번뿐인 인생 구질구질하게 살아 무엇하나. 이 순간을 즐겨
야지. 너무나 멋진 말이다. 사람들을 유혹하는 그 말에 쉽게 젖어들고
만끽하며 살고 있다.

대부분 많은 사람들이 한 면만 보고 즐긴다. 이면에 담긴 뜻을 제대
로 알아야 한다. 비춰지는 모습이 모두가 아니다. 욜로(YOLO)족들의
생활패턴을 잘 파악해야 한다. 즐기라는 본 뜻을 정확히 이해해야 한
다. 즐기는 것을 부정하고 싶지 않다. 나도 즐기는 인생이 남는 인생이
고 경험하는데 돈쓰는 데 찬성이다. 불실을 소비하고 구내하는 데 쓰

는 돈은 아깝다. 하지만 경험을 사는데 쓰는 돈은 우선순위 지출에 포함된다고 본다. 올바른 지출의 한 범위라고 생각한다.

즐기라. 단, 자신이 돈을 벌고 모아 즐겨야 한다. 자신의 즐기는 것을 돈을 빌려 즐기라는 의미로 착각하는 사람들에게 따끔한 이야기를 하고 싶다. 나도 그렇게 즐겨봤다. 남는 것은 부채와 카드 내역뿐이다. 점점 생활고에 시달리다가 늪에서 헤어나오질 못한다.

버는 것보다 쓰는 것이 많아도 괜찮다고? 천만의 말씀이다. 신용카드 포인트가 아까우니 사용해야 한다고? 1~2% 적립포인트를 쓰려면 100배 현금을 써야 한다. 그렇게 쌓인 포인트가 행복하게 해줄 것이라는 착각을 버려야 한다. 카드값에 허덕이는 현실이 닥쳐올 것이다.

아낄 것을 아끼고 모아서 즐겨야 한다. 무조건 즐기고 오늘을 즐기고 빚내 즐기라는 말이 아니다. 즐기고 싶은 만큼 모아 자신을 위해 쓰라는 것이다. 그것을 욕하는 것은 나쁜 것이지만 우리는 오해한다.

『트렌드 코리아 2017』의 10가지 키워드에 욜로(YOLO)가 있다. 그 키워드만 보면 지금 당장 즐겨야 하는 것으로 보이지만 다른 키워드와 함께 이해해야 한다. 상품을 선택할 때 가치대비 효율적인 소비를 지향하고 있다. 가성비를 따진 소비를 한다. 혼밥, 혼술을 왜 하는지 아는

가? 쓸데없는 지출을 낭비하지 않겠다는 의미다. 절약해 모은 돈을 자신을 위해 과감히 쓴다는 의미를 왜곡하지 말자.

단순한 진리를 다시 점검하고 우리 생활에 적용할 필요가 있다. 『바빌론 부자들의 돈 버는 지혜』에 담긴 소중한 비결을 우리것으로 만들길 바란다. 단순한 진리에 우리 경제의 모든 것이 담겨 있다. 부자가 되는 7가지 비결은 이렇다.

1. 일단 시작하라
2. 지출을 관리하라
3. 돈을 굴려라
4. 돈을 지켜라
5. 당신의 집을 가져라
6. 미래 수입원을 찾아라
7. 돈 버는 능력을 키워라

경제의 이면을 파악하기 위해 읽기 시작한 로버트 기요사키의 『부자들의 음모』를 정리해봤다. 그는 돈에 대한 새로운 6가지 법칙을 말한다.
1. 돈은 지식이다.
2. 빚을 이용하는 법을 배워라.
3. 현금 흐름을 통제하는 법을 배워라.

4. 힘든 시기에 대비하라. 그럼 좋은 시절만 누릴 것이다.

5. 지금 필요한 것은 스피드

6. 돈의 언어를 배워라.

가난한 사람의 말

"나는 절대로 부자가 되지 못할 거야. 나는 돈에 관심없어. 정부는 사람들을 돌보지 않고 뭘 하는 거야."

중산층의 말

"보수도 좋고 안정적인 직장이 있으면 됐지. 가장 좋은 투자 대상은 뭐니뭐니해도 집이야. 뮤추얼펀드에 분산투자하고 있죠."

부자의 말

"내 일을 맡아 잘해줄 사람 어디 없을까? 현금이 잘 도는 아파트 10채 정도 사려는데. 나의 출구 전략은 IPO를 통해 회사를 주식시장에 공개하는 것이지."

자신의 위치에 따라 사용하는 언어가 다르다. 그 언어를 파악하고 내 위치를 변화시키기 위해 노력해야 한다.

간단하지는 않겠지만 기본적인 진리를 깨닫고 실천하는 인생으로 거듭나다보면 더 나은 경제적 자유를 얻을 수 있을 것이다. 월급받는 날만 제외하고 통장이 계속 마이너스인 상황은 피해야 한다. 카드 수렁에 빠져 코꿴 소처럼 이리저리 끌려다니는 인생을 끝내야 한다.

   긁어모으는 절약도 필요하다. 버는 것보다 덜 쓰는 것도 필요하다. 무엇보다 경제지식을 쌓아야 한다. 우리가 모르는 사이 세상은 더 유혹적인 신기술을 개발하고 있다. 그것에 휘둘리지 않기 위해 정신 똑바로 차려야 한다. 우리의 지갑을 지킬 수 있는 것은 힘을 키우는 것이다. 그것은 내가 제대로 아는 것이다. 지식의 힘을 키워 남에게 휘둘리지 않길 바란다.

   경제를 알기 위해 필요한 소심(蘇心)남이 되어 경제적 자유를 누리는 삶이 되길 바란다.

⋮

경제를 알자

'왜 경제를 알아야 하나?'

'아무리 모른다지만 기본적인 것은 알고 있지 않을까?'

우리가 가진 생각이다. 알고 있는 것 같은데 막상 설명하라고 하면 못하는 것이다. 한 줄로 요약해서 설명할 수 없다는 것은 모르고 있다는 것의 방증이다. 모르면 설명이 장황하고 길기만 하다. 핵심을 파악해 설명할 수 있어야 제대로 알고 있는 것이다.

경제가 우리에게 그렇다. 알고 있다고 생각하지만 대부분 착각이다. 가끔 서점에 나가보면 경제 관련 도서나 부동산, 주식 등 재테크 관련 도서가 베스트셀러 순위 절반 이상을 차지한다. 우리나라 모든 분들의 관심 분야이지만 경제나 재테크를 제대로 설명하지는 못한다. 그래서 '나는 1년 만에 10억을 벌었다'나 '100억 부자 되기'등의 이야기에 쉽게 현혹되는 것이다. 제목에 빠져 경제 기초체력을 키우는 것보다 실용서를 집어들게 된다.

자유시장경제를 살고 있는 우리는 돈을 벌고 싶어한다. 누구나 같은 마음이다. 다만 돈을 모으는 시간이 짧으면 좋고 돈이 많으면 좋다는 욕심으로 나타나는 것이 문제이기는 하다.

그런 욕심 때문에 기본적인 경제지식을 쌓기보다 남들이 어떻게 돈을 벌었는지, 내가 짧은 기간 얼마나 벌 수 있을지 기웃거린다. 기본을 이야기하는 책, 경제 철학을 이야기하는 책은 그래서 외면받는다. 우리 민족의 모습이다. 단기간 경제성장을 이뤘던 것처럼 빠른 것이 최고인 우리나라 민족성의 발현이라면 너무 확대해석일까?

경제를 말할 때 많은 사람들은 거부감부터 든다. 나도 그랬다. 경제 전공자만 이해하고 말할 수 있는 것 아닐까? 관심은 있지만 우리같은 범인들이 근접할 수 있는 것은 아니라는 막연한 두려움이 있었다. 아직도 완벽하진 않지만 두려움을 조금씩 걷어내려고 노력하고 있다. 영국 캠브리지대학 경제학자 장하준 교수의 강의를 듣고 그런 두려움에서 조금이나마 벗어날 수 있었다.

'경제학은 왜 그렇게 어려울까?'

'경제학 자체가 어려운 것일까?'

많은 의문을 갖고 있으면서 장하준 교수의 강의를 보고 배웠다. 경제학자들이 물리학이나 생물학처럼 답이 나와 있는 것이라는 착각에 빠져 있다. 과학이나 수학처럼 분명한 답이 나오는 학문으로 평범한 사람들에게 설명해봤자 그들은 답만 알고 싶어한다는 것이다. 굳이 그런 것을 설명할 필요도 없고 이해하려는 사람들도 없다보니 잘난 척하기 위해 점점 어려워진 것이다. 점점 그들만의 리그가 되었다는 설명이다.

이해가 된다. 학자들이 자신들의 단단한 벽을 만들고 그 안에서 남들이 발견하지 않은 새로운 학설만 최고로 친다는 것을 말이다. 우리가 살아가야 하는 현실세계에서 필요한 경제학에는 관심없고 자신의 명예를 드높이기 위해 더 어렵게 더 까다로운 공식을 만드는 것이 지상목표가 되었다는 이야기를 들었다. 속시원했다. 경제가 왜 어렵게 다가왔는지 알게 되었다.

'어린 아이를 이해시키지 못하는 것은 진정 알지 못하는 것'이라는 아인슈타인의 이야기가 현실로 느껴지는 시간이었다. 경제가 어렵다는 생각을 버리고 우리가 살아가야 하는 자본주의사회에 대해 공부하고 이해해야 한다. 살아가야 하는 세상을 제대로 이해하지도 못하고 남의 명령에만 순종하는 로봇이 되고 싶지 않다면 경제를 공부해야 한다.

경제를 너무 큰 범위로 생각하는 것도 잘못이라고 본다. 실생활에서 경제를 누리고 있고 그 시스템을 이용하고 있다. 학문적인 접근으로만 바라보니 더 어렵게 느껴질 뿐이다. 자본주의시장에서 통용되는 모든 거래와 시스템이 경제다. 그 경제를 분석하고 정리한 것을 경제학이라는 생각으로 접근하면 어렵지 않게 배울 수 있다.

너무 거창한 이론을 들먹이고 이해하지도 못하는 것을 주입식으로 나열할 수 있다고 더 똑똑해지는 것은 아니다. 그럼에도 사람들은 경쟁적으로 어려운 책을 보고 어려운 공식을 안다고 잘난 척하며 살아간다. 경제가 죽은 화석이 아님을 전제하고 살아 있는 생물체를 다루듯 하나하나 알아가길 바란다.

한때 세계1위의 자산가였던 버크셔 헤서웨이를 운영하는 워런 버핏. 그가 제시하는 투자법칙이다.

1. 절대로 돈을 잃지 말라.
2. 제1원칙을 절대로 잊지 말라.
3. 주식을 산다는 것은 기업의 일부를 산다는 의미임을 기억하라.
4. 대부분 투자자는 다른 투자자들이 관심을 보일 때 덩달아 관심을 보인다. 그러나 정작 관심을 가져야 할 때는 아무도 관심을 두지 않을 때다. 한창 인기 있을 때 사들이면 큰 돈을 벌기 어렵다.
5. 기본적인 경쟁력을 갖춘 기업, 정직하고 유능한 경영자가 운영하는 우량기업을 골라 적정가격에 매수하라.
6. 일시적인 문제로 우량기업의 가치가 과소평가될 때가 최적의 투자 시점이다.
7. 기업의 장기적 가치를 보고 주식을 매수하는 투자자에게 시장의 불확실성은 오히려 좋은 친구다.
8. 10년 동안 주식시장이 문을 닫아도 불안해하지 않고 보유할 수 있는 종목을 선택하라.

이처럼 자신이 세워놓은 법칙을 지키는 데 최선을 다한다. 공부하고 돈을 지키는 것에 목숨 건 듯 살고 있는 버핏이 부자가 되는 것은 어쩌면 당연한 일이다. 우리도 배우고 실천해야 한다. 자신의 역량을 키우고 경제상식에 대한 지식을 넓혀가다보면 들리지 않던 뉴스가 들리게 되고 관심없던 분야에 눈뜨게 된다.

세계가 돌아가는 시스템을 인지하고 파악하는 것이 중요하다. 소소한 지식을 아는 것이 필요없다고 말할 수 없지만 전체적인 그림을 보고 세부적인 것을 채워나가야 한다.

경제가 세상을 어떻게 이끌어가는지 재화가 어떤 시스템으로 운영되고 물가는 어떻게 영향을 미치는지 정말 근본적인 질문과 설명을 통해 지금까지 몰랐던 무지에서 해방된 느낌이 들었다.

제대로 알고 대응해야 한다. 매뉴얼이 잘못되어 있다면 바꿔야 하고 새로운 지식으로 무장해야 한다. 가만 있으면 나락에 떨어지게 되어 있다. 멈추면 먹히게 되어 있다. 부자들의 음모에 빠져 허우적대지 않기 위해서라도 금융 아이큐를 높여가는 것이 필요하다. 아는 만큼 보인다는 말을 실감했다. 보이는 것은 그만큼만 알기 때문이다.

군인 눈에는 군인만 보인다.

임산부 눈에는 임산부만 보인다.

유모차에 관심 있는 사람은 유모차만 보이게 되어 있다.

내가 관심가지고있는 분야에 아는 만큼만 보인다.

그것을 위해 더 많은 지식을 쌓기 위해 공부하고 발품 팔아야 한다.

정보가 돈이다. 하지만 모든 정보가 돈은 아니다.

제대로 된 정보가 돈이 된다.

제대로 된 정보를 판단할 수 있는 안목이 필요한 이유다. 인터넷과 모바일시대인 현 세상에 정보는 넘쳐난다. 그 정보를 통합, 융합해 자기것으로 만드는 사람만 상위 수준으로 올라간다.

같은 사건을 보고 판단할 때 이면까지 훑어볼 수 있는 사람이 진정한 승자다. 그것이 통찰력이다. 경제를 이해하는 통찰력을 갖고 세상을 바라본다면 대비할 수 있고 승리할 수 있다. 지진이 일어난 장소에 대해 피하는 것만 생각할 것이 아니라 진앙지가 어디이고 어디로 진행되는지 모두 알게 되면 대피할 수 있고 대비할 수 있다.

그렇게 사고에 대비하듯이 공부하고 촉각을 곤두세워야 한다. 경제를 아는 소심남을 기다린다. 세상을 움직이는 시스템에 대한 이해가 갖춰진다면 경제적 자유를 향해 한 걸음 더 전진할 수 있다. 우리가 사

는 세상에 대한 이해가 필요할 때 경제를 알고 대비하고 통찰할 수 있는 소심남이 되어보자.

너무 어렵다고 생각하는 사람들이 있을 것 같아 쉬운 법칙 하나를 소개한다. 『적게 벌어도 잘사는 노후 50년』의 황희철 대표의 말을 옮겨본다. 좀 더 현실적인 이해가 될 것 같다. 황희철 대표가 책을 통해 꾸준히 이야기하는 '3원칙 7단계 자산법칙'이다.

돈의 3원칙

1. 원금을 잃지 않아야 한다.
2. 지금 당장 수익이 발생해야 한다.
3. 수익률을 높여가야 한다.

자산관리 7단계

1. 돈을 번다. (수입)
2. 지출을 통제한다. (절약)
3. 저축한다. (수입 − 지출 − 저축)

4. 소득자산을 만든다.(저축에서 나오는 이자소득)

5. 투자한다.(소득자산으로 매매투자)

6. 위험에 대비한다.

7. 기부한다.

간단하지만 우리의 경제를 단단히 만들어 줄 법칙이다. 하나하나 지켜가면서 경제를 파악하는 노력이 가미되길 바란다. 소심남은 경제를 아는 사람이다.

:

경제적 독립

부자를 부러워하는 것은 당연하다. 부러움을 넘어 시샘의 눈초리로 보는 것이 일반화된 현 시대가 어색하기는 하다. 경제적 독립을 위해 배워야 하는 억만장자 부자들의 검소한 생활 습관을 정리해본다.

1. 남들처럼 명품을 좋아하지 않는다.

워런 버핏은 "그런 장난감은 귀찮기만 하다"라고 했다. 멕시코 최고 갑부 카를로스 슬림은 전용기나 요트, 보좌관이나 운전기사 없이 직접 운전한다.

2. 억만장자이면서도 검소한 집에서 생활한다.

워런 버핏과 카를로스 슬림은 30년 동안 집을 바꾸지 않았다.

3. 자신들의 외모에 큰 투자를 하지 않는다.

페이스북 CEO 마크 주커버그는 외모에 돈쓰지 않는다. 아내와 함께 하는 소소한 생활에 만족한다.

4. 일반인들이 입는 평범한 옷차림

스티브 잡스, 마크 주커버그 등 억만장자들의 패션을 떠올려보라. 같은 이미지 구축을 위한 노력이라고 보여질 수 있지만 그들은 정말 그 차림이 편했다. 자신의 편한 옷차림에 만족했다.

5. 대중교통을 이용하는 억만장자

코드웰 그룹의 존 코드웰은 매일 자전거로 회사에 출퇴근 한다. "건강, 환경, 비용 등에서 최고의 선택"이라고 말한다.

6. 슈퍼카를 쳐다보지도 않는 사람들

과시를 즐기는 부자들은 세계 도처에 많다. 단, 그들이 부자들의 전부가 아니라는 것도 이해해야 한다. 절약하며 기부하는 재미를 느끼는 억만장자가 많다는 것이 오히려 우리 마음에 따뜻함을 주는 것은 아닐까?

7. 부자라고 비싼 음식만 찾지 않는다.

끼니 때마다 비싼 음식만 먹을 것 같고 금가루 뿌려 먹을 것 같지만 그렇지 않다. 워런 버핏 이야기를 계속해서 아쉽지만 그는 아직도 햄버거가 맛있는 음식이라고 말한다. 단골 식당에서 같은 메뉴를 먹는 것을 즐기는 정도다.

경제적 독립에는 몇 가지 규칙이 있다. 자신의 상황에 맞는 목표를 세워야 하고 그 목표에 맞게 생활습관을 조절해야 한다. 절약이 생명이지만 무조건적인 절약은 오래 유지하지도 못할뿐만 아니라 자신의 삶을 옥죄는 역효과가 나타날 수도 있다. 행복의 초점을 맞춰야 하는데 절약이 주인공이 되어버리면 곤란하다. 목적이 있는 근검절약이 필요한 이유다.

절약하는 사람만 부자가 될 수 있다는 말은 인생의 진리다. 큰 부자들도 역시나 절약이 몸에 밴 사람들이다. 그렇다고 절약하는 사람들이 모두 부자인 것은 아니다. 그런 이유를 분석해보면 절약이 충분조건이 될 수 있지만 필요충분 조건은 아니라는 말로 해석하고 싶다.

그럼 묻고 싶다. 근검절약하는 사람은 왜 모두 부자가 아닐까? 여러 부분에서 이유를 찾을 수 있겠지만 특별히 한 부분을 이야기해보고 싶다.

절약하는 목적이 분명해야 한다. 돈을 모으는 목적이 정확하지 않고

무조건 절약하는 데는 금방 지칠 뿐만 아니라 오래 지속할 수도 없다. 갈 곳을 정하지 않고 떠나는 여행은 오래 유지할 수 없다. 인생의 설계도가 필요한 이유이기도 하다. 길잃은 사람은 제자리를 뱅뱅 돌기만 할 뿐 제대로 된 방향으로 나아갈 수 없다. 목표는 그런 인생의 길잡이 역할을 한다. 경제적 독립을 위한 근검절약도 그렇다.

돈을 모으는 목적과 얼마를 얼마 동안 모아야 할지 정해야 한다. 나도 배우고 하루하루 절약하며 살고 있다. 별 생각 없이 한 지출이 나의 주머니를 점점 더 가볍게 만들었다. 계획 없는 지출로 생활의 여유를 찾을 수 없었다. 생활이 점점 더 어려워지는 것은 당연하다.

버는 만큼 써야 한다. 가진 만큼 써야 한다. 저축을 필수로 해야 한다. 누구나 알고 있지만 사람들은 자신의 인생은 달라질 것이라고 자위한다. 오늘도 카드로 구매하고 있다. 아이쇼핑을 좋아하는 사람치고 카드값에 휘둘리지 않는 사람을 많이 보지 못했다. 마음을 딴 데 두고 구경만 한다는 것은 위험하다. 마음이 쇼핑에 동하지 않으려면 가지 않아야 한다. 그 장소에서 벗어나야 한다. 흡연실에서 담배 피우지 않겠다고 버티지 말고 그 자리를 박차고 나와야 한다.

미국에서 있었던 일이다. 어떤 사람이 알콜중독자 프로그램을 통해 치료받고 퇴원했다. 퇴원하는 순간, 병원 앞 술집에는 많은 사람들이 웃고 즐기며 술 한 잔씩 들고 있었다. 그 모습을 본 순간, 마음이 뛰었다. 온몸에 땀이 나고 그곳으로 흘려가는 느낌이었다.

그 상황을 이겨낼 수 없을 것 같아 그는 병원 옆 편의점에 갔다. 그곳에서 술 유혹을 이기기 위해 배터지기 직전까지 우유를 먹었다. 조금만 건드리면 우유가 쏟길 정도로 먹은 후 편의점에서 나와 술집을 봤다. 병원에서 나온 직후의 술마시고 싶은 생각이 말끔히 사라졌다는 말이다.

나는 그 말을 마음깊이 새기고 있다.

유혹에 넘어갈 것 같으면 돌아보질 않는다. 아예 다른 것으로 채워야한다. 쇼핑하지 않고 구경만 하겠다는 연약한 마음 대신 그 시간에 아이들과 시간보내기 위해 노력하겠다는 말이다. 아예 방향을 바꿔 시간을 보내고 장소를 바꾸겠다.

지출을 결정할 때는 꼭 한 번 더 생각하기로 했다. 구매를 아내와 상의하려고 한다. 두세 번 묻고 결정해도 늦지 않다. 빠른 것이 최고는 아니다. 지출은 더 그렇다고 생각한다. 천천히 결정할수록 유리한 경우가 많다.

이 모든 것보다 우선하는 것은 계획이다. 큰 지출을 계획하지 않고 소비하고 구매하는 것은 무지한 것이다. 소액도 그렇게 해야 한다. 소액이라고 무시할 것이 아니다. 그 작은 것들이 쌓여 거액이 된다. 하루하루 낭비되는 돈이 모여 목돈이 되는 것을 많은 부자들은 깨달았고 실천하고 있다.

삶을 무조건 통제하고 참고만 살라는 말이 아니다. 자린고비가 되어먹지도 못하고 비참히 사는 것에는 반대다. 언젠가 신문기사가 생각난다. 굶어죽은 분의 집에서 침대를 벗겨 정리해보니 그 밑에 1억 원의

현금이 있었다는 것이다. 경제적 독립이 그렇게 구차하게 살라는 뜻이 아님을 기억하자.

계획적인 삶을 살아야 한다는 말이다. 지출을 통제하고 계획하는 데 재미를 붙이면 모인 돈을 투자하는 재미를 발견할 수 있다. 다음 단계로 나아갈 수 있다. 적당한 계획과 두세 번 고민하는 지출을 통해 절약이 몸에 밴 사람이 부자 반열에 오를 수 있다. 나도 경제적 독립을 위해 노력한다. 지출을 통제하고 목적을 세워 절약하는 삶으로 변화하고 있다. 앞으로 그 행동이 쌓여 더 큰 일을 할 수 있는 종자돈이 될 것을 믿는다.

어떤 사람들은 소소한 돈 모아 얼마나 될지를 계산하며 비아냥거린다. 그것에 휘둘리지 말자. 작은 행동을 이해하지 못하는 대다수 사람들이 오늘도 카드빚에 허덕이고 있다는 사실을 알아야 한다. 나는 재정 수렁에서 빠져나오겠다고 다짐했다. 더 많은 사람들이 그런 인생에서 탈출해 부자의 길에 들어서길 바란다.

자신을 통제하는 것은 죽을 때까지 해야 할 일이다. 마찬가지로 자신의 재정적 통제가 되지 않고 부자가 되겠다는 것은 어불성설이다. 자신을 통제하는 연습을 하자. 경제적 독립을 포기하거나 낙심하지 않아야 한다. 무엇보다 오늘 하루를 잘살아내는 것이 중요하다. 작은 실천 하나하나가 쌓여간다.

경제적 독립이 뒷받침되지 않으면 나의 모든 시간을 남의 일 해주는 데 투자해야 한다. 소심한 남자가 되기 위해서라도 경제적 독립은 필수가 되었다. 근검절약하는 마음, 긁어모아 아끼는 마음을 가진 진정한 소심남이 우리 시대에 더 많이 나타나길 소원한다. 나도 그런 소심(蘇心)남이 되기로 결심했고 오늘도 하나씩 아끼고 있다.

⋮

돈의 흐름을 꿰고 있자

우리는 경제가 중요한 시대에 살고 있다.

최근 중학생들과 축구를 했다. 교회 학생들과 축구시합을 하러 학교 운동장에 갔다. 축구화를 갈아 신으려고 계단에 앉았다. 눈앞에 50원짜리 동전이 떨어져 있었다. 환호성을 지르며 주변 아이들에게 동전을 주웠다고 자랑했다.

한 친구가 말했다.
"그거 제 친구가 버린 거예요."
"어? 버렸다고?"
"네. 동전은 필요없잖아요."

"아~ 그렇구나."

길게 말할 필요가 없음을 느꼈다. 들을 준비가 안 된 친구들에게 하는 잔소리는 나를 더 꼰대로 만드는 일이다. 답답하지만 듣기를 거부하는 아이들에게 차마 말을 못했다. 그 아이들은 100원 미만 동전을 귀찮은 애물단지로 생각한다. 생각만 했던 것을 내 눈 앞에서 들으니 어이가 없긴 했다. 부모 입장이 되어서인지 나도 꼰대가 되어서인지는 모르겠지만 아이들이 이해 안 되는 것은 어쩔 수 없다.

내가 살아온 시대는 넉넉한 시대가 아니었다. 용돈을 받기 위해 부모님께 온갖 아양을 떨어 겨우 받아낼 수 있었고 그나마 넉넉하다는 생각을 해본 기억이 없다. 어려운 환경에서 용돈을 받는 것이 황송할 정도였다면 너무 비약하는 것일까? 가정이 조금 어려웠긴 했다.

100원의 소중함 아니 10원의 소중함도 절절히 배웠던 시기여서인지 그것이 눈앞에 있으면 자연스럽게 줍게 된다. 찌질해서인지 절약이 몸에 배어서인지는 모르겠지만 그것이 떨어진 동전을 향한 나의 당연한 반응이다. 그런데 아이들의 눈에는 그게 이상해보이고 신기하기만 했나보다.

돈의 흐름에 대한 이해도 없고 부자가 되겠다는 생각은 모래 위에 성

을 짓겠다는 것이다. 지출을 관리하는 사람이 부자가 된다. 꼭 부자가 되어야만 하는가? 경제적 자유라는 표현을 부자라고 하는 것 같아 편히 쓰고 있다. 하지만, 경제적으로 자유는 우리 모두 바라는 것이다. 그렇기 위해서라도 지출을 통제하는 것은 제1법칙이 되어야 한다.

돈을 통제하는 시작은 지출 관리다. 벌어들이는 수입을 무한정 늘릴 수 있다면 상관없지만 번 데서 지출을 관리해야만 플러스 인생이 된다. 미래에 대한 막연한 기대만으로 살 수는 없다. 기대는 당연히 해야 할 일이지만 미래소득에 대해 미리 지출하는 것만큼 무지한 것은 없다.

수많은 지출 관리 법칙이 있겠지만, 페이고 원칙을 권하고 싶다.

페이고 PAYGO [Pay-As-You-Go]

차입, 후불, 대납 등 신용거래에 의하지 않고 쓸 수 있는 예산 안에서 비용을 지불해야만 지출이 가능한 제도다. 'Pay as you go'는 외상하지 않고 현금으로 지불한다는 뜻으로 개인, 회사, 정부 등 그 주체를 불문한다.

휴대폰 사용과 관련해 우리나라에서는 외국과 달리 선불제(prepay system)가 그리 보편적이지 않다. 선불제는 먼저 비용을 지불하고 일정 통화시간을 충전해 사용하는 것이다. 따라서 충전된 통화시간이 소진되면 추가 통화시간을 충전해야 하는 불편함이 따르지만 불필요한 통화를 자제하게 만드는 장점도 있다.

직불카드도 유사하다. 신용카드와 달리 직불카드는 사용과 동시에 은행 계좌에서 사용 금액이 인출되므로 잔고가 바닥나는 순간, 더 이상 거래가 불가능하다. 한 마디로 페이고는 분수에 맞는 소비 지출을 위한 것이다.

한 마디로 쓸 돈을 미리 만들어놓고 쓴다는 것이다. 매일 1만원을 쓰기로 정하고 그것만 갖고 나간다. 그 이상 지출은 할 수 없도록 자신을 불편하게 만드는 것이다. 신용카드가 있을 경우, 자신의 계산 영역에서 벗어나는 지출을 하므로 현금으로 사용하거나 체크카드를 사용해 하루의 한도를 결정하게 하는 것이다.

매일 결정하고 남는 돈은 다른 데 모아두거나 통장에 입금해놓을 때 눈에 띌 수 있도록 하는 방법이다. 돈 사용이 눈에 보이는 효과를 발휘할 수 있고 지출을 한 번 더 생각하게 만드는 긍정적인 효과가 있다. 이렇게 연습하다보면 자신의 지출 습관을 확인하고 올바른 지출에 대해 점점 익숙해질 수 있다.

카드 사용이 생활을 윤택하게 하고 편리하게 했지만 그에 상응하는 단점이 발견되기도 했다. 우리나라 카드 사용 수준은 매년 신기록을 갱신하고 있다. 지출이 통제되지 못하고 점점 늘어나는 상황에 신용불량자 양산은 어쩌면 당연한 결과다.

좋은 차는 브레이크가 잘 작동한다. 위험 상황에 멈춰야 운전자와 동승자가 사고를 방지하고 피할 수 있다. 지출이 그렇게 되어야 한다. 삶을 안전하게 영위하기 위해 지출을 통제하고 예방하는 길을 마련해야 한다. 자신의 지출을 수입 범위 안에서 사용할 수 있는 방법을 찾아야 한다. 돈의 흐름을 꿰뚫고 있는 사람만 경제적 자유를 얻을 수 있고 나아가 부자 반열에 오를 수 있다.

매일 사용하는 지출 양을 조절하고 10만 원 이상 지출은 계획적으로 사용하면 더 나은 인생을 계획하고 발전할 수 있다.

3개월 동안만 페이고 원칙을 실천해보자. 온라인가계부 사용도 권하고 싶다. 자신의 지출 성향을 파악하고 어느 부분이 과도한지, 줄여야 할 부분은 어디인지 파악한 후 조금씩이라도 처방해보면 좋은 효과를 경험할 것이다.

아이들을 위한 경제교육이 필요하다. 앞에서 말했듯이 요즘 돈의 소중함을 모르는 아이들이 많다. 쉽게 받는 만큼 쉽게 쓰는 것은 당연지사. 아이들에게 돈의 소중함을 가르쳐야 한다.

자녀들에게 경제교육이 필요한 시점이다. 다음은 올바른 경제교육을 위한 4가지 방법이다.

1. 저축의 중요성을 교육하자.
2. 올바른 소비습관을 길러주자.
3. 기다리는 법을 가르쳐주자.
4. 사소한 것부터 절약하도록 가르치자.

⋮

소심한 남자가 큰 일을 한다

작은 일에 충실한 사람이 크게 쓰임받는다.
작은 일도 마무리못하는 사람에게 큰 일 맡길 수는 없다.
자신도 제어하지 못하는데 큰 일을 잘할 수 없다.

좋은 자녀가 좋은 부모가 될 확률이 높다.
좋은 남편이 좋은 상사가 될 수 있고
좋은 아빠가 좋은 멘토가 될 수 있다.

작은 것에서 판가름난다. 사람들은 큰 것만 본다. 큰 것을 일부러 보지 말라는 것은 아니지만 현재의 위치에서 할 수 있는 일에는 무관심하고 '나는 큰 일 할 사람인데 이런 데서 썩고 있네...'라며 다닌다.

나의 과거 모습이다. 내 주제 파악은 못하고 '나는 작은 일을 할 사람이 아닌데 여기 있다는 것은 정말 시간낭비'라고 생각했다. 무지한 생각이었고 교만이었다. 이제야 조금 깨달았다. 내가 그곳에 있어야 할 시간이기 때문에 있는 것이다. 대부분 착각한다. 작은 일을 무시한다.

훈련이 필요하기 때문에 고난의 시간이 있는 것이다. 내가 자라야 하기 때문에 영양분을 채우는 시간이 필요하다. 멈춰 있는 시간은 더 멀리 뛰기 위해 성장하는 시간이다.

아프고나면 성장한다. 아이들이 그렇다. 아프고나면 힘들지만 반드시 성장하게 되어 있다. 사람들이 그 간단한 진리 앞에 끄떡이고 인정하기보다 허무맹랑한 이야기만 좇는 것이 안타깝다.

로또에 당첨되면 기부도 하고 사회에 헌신하겠다는 사람이 많다. 나도 그랬다.

작은 기부도 못하는데 큰 일을 할 수 있다고 생각하는가? 절대로 있을 수 없다.

지금 행복하지 않은데 나중에는 행복할 거라고? 말이 안 된다.

지금 건강하지 않은데 나중에 건강해질 거라는 생각은 잘못이다.

지금 부족하면 노력하면 된다. 노력하지 않고 시간이 해결할 것이라는 생각처럼 틀린 생각은 없다. 지금 안 되는 것은 나중에도 안 된다. 노력하지 않으면...

소심한 사람들이 새로운 가치관을 정립하는 시대가 되었다. 지금 작은 일에 충실한 사람만 나중에 크게 쓰임받을 수 있다. 현재의 위치에서 하루를 제대로 살아내는 사람이 발전한다. 만고의 진리에서 벗어날 수 없다. 세상살이 모든 것이 그렇다. 소소하다고 생각하는 소심함에 모든 것의 시작이 있다.

모든 것을 세팅하고 사업을 시작하겠다는 사람들이 있다.
시간이 나면 공부를 하겠다는 사람들이 있다.
시간이 나면 운동을 하겠다는 사람들도 있다.
행복은 나중에 챙기겠다는 사람들도 있다.
큰 일을 위해 지금은 아무 것도 안하겠다는 사람들도 있다.

그들은 나중에도 아무 것도 못한다. 지금 당장 작은 일에 충실한 사람만 세상을 바꾼다. 소심남이 세상을 바꾸기 위해 하루를 소홀히 하지 않듯 우리 인생을 하루라도 낭비하지 않길 바란다.

세상에는 많은 소심남이 있다. 우리가 지향(志向)해야 할 소심남이 되어 더 나은 인생을 선물해주길 바란다. 우리가 지양(止揚)해야 할 작은 마음의 소심남에서 벗어나 발전하고 성장하자.

세상이 바뀌었다고 말만 하지 말고 직접 뛰어들어 세상을 바꾸는 사람으로 살아보는 것. 너무나 의미있는 일이고 재미있는 일이다. 작은 마음의 소심함을 뛰어넘어 배려하고 너그러워지려 노력하자. 절약하고 공경하고 웃어주는 소심남이 되어 긴 인생길에 더 나은 삶을 선물하자.

더 나은 인생길을 만들 수 있게 허락하신 하나님께 감사드린다. 출판을 허락해주신 오세형 대표님과 오자경 팀장님, 이성재 팀장님께도 감사의 인사를 드리고 싶다. 항상 새벽을 깨우며 자녀들을 위해 기도하시는 양가 부모님께 부끄럽지 않은 자녀가 되어야겠다. 가정의 평생 동업자인 아내 김은주와 자녀(하영, 하준)들에게도 사랑한다는 말과 함께 고맙다는 말을 전한다. 따로 인사를 전하지 못한 많은 분들께 항상 감사드린다. 성장할 수 있도록 도와주신 모든 분들께 이 자리를 빌어 감사를 전한다.

"진심으로 감사합니다."

대한민국 대표 소심한 남자
정 지 우

베트남 문화의 길을 걷다
〈당신이 알고 싶은 베트남 현장이야기〉

박낙종 지음 | 336쪽 1만5000원

"우리와 함께 오랫동안 많은 경험을 공유해 온 나라 베트남! 하지만 우리가
알고 있는 것은 그리 많지 않습니다."
베트남 한국문화원장으로 4년간 공무수행 중에 겪은 다양한 경험들을 소개
한다. 더불어 베트남의 역사, 문화, 정치, 사회, 교육, 비즈니스, 한류 등 베트
남의 모든 것이 담겨 있다. 베트남에 대한 일반적인 이론서보다는 현장 경
험에 의한 체험세 —독자에게 한층 가깝게 다가갈 수 있다.

미친 사회에 느리게 걷기
〈시로 읽는 성공 다이어트 에세이〉

김용원 지음 | 215쪽 1만200원

〈빨리빨리〉로 대변되는 한국. 지은이는 걷는 동안 육체적 건강과 멘탈힐링
의 체험을 이야기 한다. 걷기는 '일상생활 속에서 건강을 유지할 가장 효과
적인 방법 중 하나이며 '다이어트'에도 큰 효과를 발휘 한다.'라고 소개한
다. 한 편의 시와 에세이를 읽노라면 세상의 구불구불한 길을, 그리고 자신
의 내면의 길을 더듬어 간다. 당장 나가 걷고 싶은 욕망을 일으키게 할 것이
다!

당신은 회사의 평가에 만족하십니까?
〈직장인을 위한 100점 승진 매뉴얼〉

후지모토 아쯔시 지음 | 188쪽 1만2000원

나에 대한 회사의 평가에 만족하는 사람이 있을까?
저자는 내 자신이 나에 대한 평가와 회사의 평가 사이에 왜 차이가 생기는
지를 명쾌하게 분석한다. 좋은 평가를 받을 수 있는 가이드를 제시하므로
많은 직장인에게 지혜의 처방이 될 것이다!

고수의 여행비법
〈항공편〉

김재석 · 최현아 지음 | 145쪽 1만5000원

"보통의 여행자들이 몰랐던 차별화된 해외여행의 비밀! 이 책을 읽는 순간 당신도 이미 여행고수가 된다!" 오랜 기간 항공업계에 종사하며 알게 된 저자의 풍부한 경험이 녹아 있는 특별한 비법을 책으로 안내하였다. 기존의 여행서 에서는 다루지 않았던 정보만으로도 여러분은 실속 있는 해외여행을 즐길 수 있을 것이다. 발권부터 남다른 고수의 여행비법 대.공.개!

나는 한국어 교사입니다
〈미국에서 펼쳐지는 Dr. 구의 한국어 교실 이야기〉

구은희 지음 | 224쪽 1만2000원

한국어는 이제 세계를 향하고 있다. 더 많은 한국어 교사가 필요하다. 저자의 바람처럼 이 책은 그들에게 살아있는 현장 경험과 지침을 전해줄 것이다. 이 책에는 실리콘밸리에서 25년 동안 한국어를 가르치고 있는 저자의 경험담과 세계의 언어로서의 한국어에 대한 이야기가 담겨있다.

사장님! 얘기 좀 합시다!
〈13년차 직장인, 사표를 던지다〉

조연주 지음 | 192쪽 1만3000원

13년간 직장생활을 했다. 4번의 직장을 접었다. 직장이 내게 무엇인가, 어떤 의미인가, 저자는 평범하지만은 않았던 낡고 초라했던, 쓰라린 경험을 이야기 한다. 직장 오녀와 관계, 동료 상사와의 관계의 지극히 개인적인 이야기지만 대한민국의 흔한 직장인의 고군분투기로 직장인들에게 공감과 위로가 되길 바라는 마음을 전한다. 리더도 변화되기를 바라고 소통을 통해 구성원과 함께 비전을 나누고 성장하는 메시지, 대한민국 직장인의 '공감일기'이다.